1.

Recevez des mains de l'amitié ces fantaisies
d'un ami dont la plus satisfaisante idée
est Celle de rendre en vous presentant son
livre hommage à l'étendue de vos subli-
-mes Connoissances au savoir qui vous
distingue Comme homme de lettres, au
mérite personnel que l'on respecte en
vous, le tribut d'un ouvrage soumis
à votre indulgence par votre admira
-teur et votre ami Fraxsanbery

Brion 2 7bre
1752

TABLETTES

FANTASTIQUES

ou

BIBLIOTHEQUE

très

PARTICULIERE

pour quelques païs et pour quelques hommes.

Par

l'Auteur du Mémorial d'un Mondain,

Membre de l'Académie Electorale de Munich, de la Societé Oeconomique de Bern, de celle de
Helmſtaedt, de Bourghauſen, de la Societé Patriotique de Heſſe-Hombourg, affilié
à celle de Suede, Correſpondant de pluſieurs corps litteraires.

A Deſſau,

aux dépens de la Societé typographique, et ſe trouve dans la
Librairie des Savants. MDCCLXXXII.

A

Monſieur le Comte de ⬛ Ville de Lacepéde,

Duc de St. Ange, Colonel des Troupes de l'Empire au Cercle de Weſtphalie,

Membre de pluſieurs Académies.

MONSIEUR!

Permettez-moi, Mſr. le Comte, de rendre juſtice à Vos talens, et à Votre mérite: la modeſtie qui Vous eſt naturelle, la delicateſſe dont je me pique, me défendent de prendre l'encenſoir: j'aime mieux Vous dire tout uniment que je n'ai pu réſiſter au plaiſir de Vous dédier cet ouvrage. Cet hommage Vous étoit dû, Monſieur, et je me devois à moi même cette douce ſatisfaction; je laiſſe à la poſterité le ſoin de faire Votre éloge en recueillant les suffrages de Vos contemporains; les fastes des hommes célebres ont déjà rendu ce tribut à Vos illustres Ancêtres.

Honorez-moi de Votre amitié; faites plus, croiez que j'en suis digne, et agréez les assurances du dévouement parfait avec lequel je serai toujours,

MONSIEUR,

Votre très humble et très obeissant Serviteur,

le Comte MAX. DE LAMBERG.

I.

Révérence.

L'instant de la création, eſt la premiere révérence que la nature a faite à tous les êtres; la miſanthropie, le ſuicide, les folies amoureuſes, et le déſeſpoir, n'ont été de tout tems, que des flatteries impatientes pour ceux, que la douceur des moeurs éloigne des cérémonies funebres. Il eſt des peuples qui ne font leurs inclinations de tête, d'eſprit ou de corps, que pour paſſer avec grace d'une région hiperborée à l'autre; et la plus belle révérence que l'on puiſſe faire à un auteur, c'eſt d'agréer ſon ouvrage: apprenez, dit un Roi à un deſpôt, qui embraſſoit les genoux du Monarque, ſachez, que je n'ai point les oreilles aux pieds.

✲

Le Pape ne ſalue que l'Empereur; c'eſt une grace qu'il lui fait (dit le livre *del puntiglio*) de l'admettre à baiſer ſa bouche: on hauſſe le doigt pour ſaluer en Laponie; le Breton ſeparé du reſte des humains, *penitus toto diviſus orbe Britanus*, et peut-être par là plus voiſin de l'humanité, ſalue néanmoins ſon Roi en pliant le genou; le François ſe tient roide devant le ſien, s'il ſe courbe quelque fois, c'eſt par le caractère. L'étranger ſeul met ſon crâne au niveau du nombril d'une Majeſté: homme découragé ne te proſterne point devant moi; ſalue-moi du ſalut de ton pais, ſi tu veux que je te connoiſſe, ou faut-il que tu te rapetiſſe, qu'il y ait deux pieds de diſtance de ta tête à la mienne.

Auteurs de tel pais que vous foyez, quand cefferez-vous de faluer in-
diftinctement des pieds et des mains vos Mécénes ou vos protecteurs? Gardez vos fimagrées pour le lecteur, à moins que vous n'écriviez pour un
fiècle moins complimenteur, que n'eft le votre; dès lors reftez couverts,
ayez le ciel pour chapeau, que votre ame s'explique par les regards; et
comme le falut eft la catoptromancie du coeur, méfiez-vous de ces ftoï-
ciens fombres, dont le front ne fe déride jamais, et qui ne faluent comme
les Japonois, ni de la tête, ni de la main,

Mais chacun vainement fe ruant entre deux.

BOILEAU.

N'appréhendez rien des gens de bonne humeur; la plus faine partie
de la doctrine d'Epicure, le rire du fage et la joie de l'homme vertueux,
font le fard de la Philofophie; l'epithéte qu' Horace donna à Venus qui
fignifie celle qui aime à rire, fe rapporte en bien des fens à la phyfionomie
des caracteres.

✳

Ce que Vous me dites de flatteur fur mon coeur eft pour plus d'un Lu-
cullus, un ambigu délicieux qui n'agace que des palais friands: le mien ne
favoure bien, que le lait caillé du Slave, je n'ai forcément qu'un gout.
Votre rémarque fur certains infulaires qui s'entre-parlent de fort loin, ne
peut avoir lieu qu'à la diftance de mille pas géometriques au plus. Encore
faut-il que le porte-voix foit fait avec art, et que les vents n'y mettent pas
obftacle: pour peu que ces circonftances vacillent, la voix ne s'étend qu'à
cent pas au plus. Le bruit dans l'atmofphere même ne furpaffe guères la
portée d'un tube accouftique, et fi les habitans de Nicarie dont parle Dá-

per,

per, ont la voix plus forte que le tonnere, c'eſt que la nature en a fait des monſtres (*).

Les Princes nous facilitent les moyens de nous parler deux fois par Sémaine de Moſcou à Madrid, ſans défenfler nos poulmons.

Rappellez-Vous . . . qu' Uliſſe s'excuſa envers Pénélope d'avoir paſſé vingt ans ſans lui écrire faute de barques deſtinées pour Ithaque : reſumez de là que les choſes ne vont pas trop mal encore, et que dans mille ans peut-être nos voeux d'aujourd'hui feront épuiſés : nous verrons alors ce globe recouvert d'une nouvelle croute, ſans, à la verité, y retrouver nos pas et nos veſtiges, ſans aucune idée de ſouvenir ſur rien, et par une ſuite de tremblemens qui auront ravagé la terre, ſans aucun reſte de monument qui nous rappelle d'avoir été.

Nos neveux fouleront aux pieds les cadavres de nos villes. *Cadavera urbium* que Vitruve par une ſuite de vanité appelle *parietes aeternos*, et que Coſtar nomme les dejeuners du tems.

> Le Tibre ſeul qui vers la Mer s'enfuit,
> Reſte de Rome, o! mondaine inconſtance!
> Ce qui eſt formé, eſt par le tems détruit,
> Et ce qui fuit au tems fait reſiſtance.
>
> *Coſtar.*

A 3   On

(*) On ſuppoſe que la force de la voix depend de la maſſe du corps : cependant il peut fort bien arriver qu'un homme d'une taille ordinaire eut la voix aſſez forte pour couvrir le bruit du Tonnere. Le pere la Hauſe chanoine regulier, étant à Luneville, chantoit dans la chambre de Madame Royale pour qu'elle n'entendit pas le bruit qu'elle craignoit conſiderablement. Ce ſecret réuſſit et valut au chanoine une bouteille de vin étranger le matin et le ſoir.

4

On eſt dans le gout de bâtir exprès des ruines: j'ai vu dans les jardins
de Roſwalde le Tombeau de Caracalla dans un potager, celui d'Hiparchia
adoſſé au mur d'un Cimetière: nos architeﬅes l'emportent aujourd'hui dans
l'art d'amonceller des décombres ſur la nature, qui à l'aide du tems fera ceſ-
ſer la rivalité entr'elle et l'homme, dont l'étude eſt l'art de détruire.

✶

Sans l'art des Phéniciens heureuſement perpétué parmi nous, que ſau-
rions-nous? et grace à l'écriture, le menu d'un bon repas ſatisfait plus que
tout ce qui s'eſt écrit en matiere de flux et de reflux de la mer, que nous ne
comprenons ni l'un ni l'autre. Ecrivohs, ne ſeroit ce que pour donner une
marque d'approbation et de reconnoiſſance envers ceux qui nous ont dé-
vancé dans l'art d'écrire. Un ſauvage auquel on ſeroit comprendre, que
l'écriture n'eſt faite que pour transmettre nos penſées à la poſterité, en de-
manderoit la route au premier maître de poſte qui ſeroit ſur ſon chemin;
c'eſt là le cas de l'eſtampe, où X... hiſſé dans un char volant au Parnaſſe,
entend une voix qui crie: Fouëtte cocher, menes moi ce faquin à l'im-
mortalité.

✶

Si les hommes, ou pour mieux dire l'homme eſt méchant par nature,
il n'eſt pas moins vrai, qu'en ſuivant dans l'hiſtoire du monde la marche de
l'abomination, depuis l'époque de la création juſqu'à nos jours; il n'eſt pas
moins étonnant dis-je, qu'en jettant l'oeil ſur mille établiſſemens utiles, on
ne ſoit plus d'une fois forcé d'avouer, que l'humanité a fait des progrès bien
ſérieux vers le mieux, et que l'accompliſſement du bien moral, n'eſt éloigné
que parceque toute perfeﬅion n'eſt ni dans le coeur ni dans les aﬅions des
mortels.

mortels. En partant de ce principe, il n'y a rien fur la terre, qui fans quelque malignité, eût été à un certain point d'achevement parmi nous. L'artifice et la mechanceté ont donné naiffance aux meilleurs établiffemens, dont nous jouiffons, et il ne feroit peut-être pas difficile de démontrer, que tout ce que les hommes ont inventé pour toifer la vie, eft l'ouvrage de la malice; et que les obligations, que nous paroiffons avoir contractées jufqu' avec l'enfer, ont contribué plus qu'on ne penfe à faire des vrais élus. On vous aura dit fouvent, que tel homme n'eft bon à rien, qu'il eft fans fiel. Lifez les faftes de l'humanité : fi à chaque anecdote de bienfaifance, vous n'y trouvez une antithèfe qui faffe épigramme, gliffez deffus; ce n'eft qu'un mauvais conte qu'on aura eu la malice de laiffer fans pointe.

✵

A une femme réellement vertueufe.

MADAME!

Las de courir pour ne voir que des hommes comme moi, je Vous retrouve femme et mere : et l'enfant d'un mari vertueux eft un préfent de bonne augure, que nous acceptons de Vos mains avec reconnoiffance. Puiffe Votre fils acquerir en croiffant des droits certains fur l'eftime de Votre époux comme fur celle de la patrie. J'arrive à tems pour donner aux fètes du Duc l'attention qu'il fe promettoit de ma part; je n'y pris plaifir qu'en me rappellant que Vous en étiez l'objet, Madame. Rentré chez moi, loin de l'ennui et des amufemens de la foule, dans le nombre de reflexions, que ma diftraction ramaffe, j'en ai faifi une, celle de faire un tableau à fleurs baroques fous le triple avantage de liberté de ville et de famille, où l'on peut oppofer aux Thaïs du fiècle, une parente de Chrémes, libre, cito-

A 3

yenne

yenne et foeur; aux auteurs du tems, un homme libre, un citoyen, un Slave. Si je me borne à ne Vous faire part que de mes voeux, c'eſt à Vous que je préſente mon Ex voto, Vous ne tarderez pas à en parer un des autels, que les graces Vous deſtinent.

> Spargentur in Amnes,
> In te mixta fluunt et, quae diviſa beatos
> Efficiunt, collecta tenes.
>
> *Claudien.*

Ces 14 mots latins, font la belle énigme, que je Vous avois promiſe; c'eſt Vous en préſenter la clef, que de Vous engager à la traduire; Vous direz peut-être comme la ſtatue de Pigmalion: il y eſt queſtion de moi... encore de moi, et Vous aurez deviné Madame.

A un Ambaſſadeur.

Sainte amitié, fatale maladie de l'ame, j'ai été toute ma vie la victime de tes aſſauts, et tu me flatte encore? Après avoir rejoint mon frere, j'eus deſſein de ne le plus quitter; le fort en décida différemment, j'ai fait comme l'Eſpagneule, un nombre de pas inutiles, pour me rapprocher d'un ami, que j'étois deſtiné à reperdre pour long tems.

Mon frere peu ſoigneux d'eſperance, attaché au Prince Henri de Pruſſe, frere du Roi! jouiſſant et méritant ſon eſtime, n'avoit cueilli dans ſa diſtraction d'alors que des fleurs éphémères. Ceux qui citeront la vie du Heros Pruſſien, y parleront de Leopold *L.* et la mention que l'on en fera, conſtatera la bonne foi de l'hiſtorien, les vertus du ſerviteur, et la con-fiance du maître.

Les

Les Princes ne connoiffent d'autre tems, que la pofterité; auffi ne comptent-ils les années, que par nos fervices. Je fuis un exemple frappant de la routine des Princes fur cet article: on a répété au monarque, que j'avois été moi-même la caufe de mes infortunes, et que je n'avois commencé à lui offrir mes fervices que dans un âge, où il étoit trop tard d'en rendre. C'eft à dire à peu près, qu'il faut commencer jeune à fervir fon Prince, pour être autorifé à faire des fautes. A mon premier début dans le monde, la Siléfie paroiffoit devenir pour moi, le terme qui fixeroit ma vie, helas mon cher!. . . des évenemens trop multipliés, m'avoient rendu dans ma terre même, moins habitant que voyageur: Vous ne Vous y reconnoîtriez plus. Le Siléfien Pruffien d'aujourd'hui, comparé au fujet de la maifon d'Autriche d'alors, ne peut l'être plus fenfiblement, qu'en rapprochant les tombeaux de la plaine de Molwitz des trophées récens de Colin, le même foldat y eft battu et battant. Initié dans les mifteres de l'art des Rois, en participant dis-je à cette préfcience publique, qui gouverne les Princes et leurs peuples, Vous n'ignorez plus, Mr. l'Ambaffadeur les différens ftyles qui lient les hommes dans les traités publiques, depuis les lettres paffionées, jufqu'aux lettres de créance. Il eft une maniere d'écrire, qu'il faut connoître, et que Vous Vous rendrez familiere en peu de tems, fans imiter perfonne. Il s'en faut je l'avoue, que Vous foyez déjà dans ce firmament étincelant, un aftre remarquable, Vos armes ne font encore que des fabres de toile et d'étouppes; Vous Vous battez comme les andabates à l'aveugle, mais Votre crépufcule dévance l'aurore. Je Vous vois régler dans mes réves, le cours de la Mer noire, Vous faire jour à travers les glaces de Borneo; hiffé fur un Dromadaire, je Vous vois porté à l'audience de quelque Roi Négre, pénetrer par un artifice inconnu en Europe, dans le ferail du grand Turc, y captiver quelque Sultane impérieufe, faire on ne peut

plus

plus heureusement les affaires de Votre Roi en gagnant une indigestion af-
sode, servir l'état à ravir, en Vous exposant aux frimats, aux chutes, à la
cacomonade ou au trepan. Bravez tout cela Monsieur, montrez-Vous beau
joueur: qui fait le bien de son païs, voit tourner insensiblement toutes les
traverses au plus grand avantage, et la conviction où Vous serez, d'avoir
agi en homme libre, Vous fera chérir Votre existence, en mettant le tems
passé à Vous instruire au rang de Vos plus utiles songes.

Vielliffez dans ces idées, mon cher . . . et rendez très tard aux éle-
mens, une ame formée par les disgraces, que les vicissitudes et la mort ne
separeront jamais de la gloire des peuples.

M . . . . vient de remplacer le C . . . K. dans son poste d'Ambaffadeur à
la plus aimable Cour d'Europe, à l'imitation d'Aubuna Patriarche des Abyf-
fins, qui admet aux ordres facrés des paralitiques, des manchots et des
aveugles. Ce Ministre entier dans sa maniere de voir, représentera son
Prince, et ne sera rien moins que son image.

✾

Princes, s'il est du devoir de Vos sujets de remplir les emplois que
Vous leur confiez, connoissez ceux que Vous placez: que personne n'achete
par des vices le droit d'abuser d'un pouvoir que Vous ne possédez Vous-mê-
mes, qu'à titre de bienfaiteurs de l'humanité; que Votre ambaffadeur ne
soit pas en me fervant de la définition de Démosthène:

Vir ad mentiendum miffus reipublicae caufa.

Les principes de l'honneur independents de toute autorité, s'éloig-
nent néceffairement de l'équivoque et de la ruse. Princes! l'estime du public,

blic, Vous échappera pour fûr, fi ceux qui s'attachent à Vous, ne méritent leur propre eftime ; fi Vous n'employez à Votre profit, les mêmes fujets, qui fe feront formés dans une autre école que dans la Votre.

Lettre

à un *Exminiftre en Empire.*

Vous donnez aux honnêtes gens, Monfieur, un exemple de fageffe, en fupportant, fans Vous plaindre, les torts fréquens que l'humanité gémiffante excufe par des pleurs.

Le fage pria Dieu, qu'il imprima un cachet fur fes levres : le fceau de la verité contraint les Votres.

L'article du teftament, qui vous perd, et qui familiarife le Sécretaire N *. avec l'indifcrétion, ne prouve que trop, que Vous aviez à combattre les desordres d'un maître qui confioit à fon coeur ce, que le fage cache au fien. *Si tu as entendu une parole, qu'elle meurt avec toi.* Vous devenez la victime d'une fentence prife à la lettre, et deplacée dans un cas, où il falloit enfreindre la loi du fage, Vous défendre et parler.

Mais malheureufement, on fait aimer leurs torts aux Princes : il en eft peu qui avouent qu'on les trompe ; le Votre même, fe plait à en douter. Dans l'état où Vous étes, Vous n'avez pas befoin de confeil. *Infelici nil agere eft optimum.* L'inaction émouffe les disgraces, l'art de s'apprivoifer avec le malheur dépend du courage, et s'il n'exifte point une école publique d'infortune, c'eft qu'il eft peu d'hommes affez courageux, pour don-

B   ner

ner des exemples de fouffrance à ceux qui fe paffent de préceptes. Pour gémir fans témoins, fupportez furtout les défauts d'un nouveau maître, et s'il mérite que Vous lui rendiez des fervices, n'en foyez point l'efclave; forcez le à l'eftime. *Vide ut juffis meis pareas,* dit Diogene efclave à fon maître Xéniade.

Pour ce qui eft de Vos domeftiques, mon bon et lointain ami, mettez les le moins qu'il fe pourra, dans le cas de Vous oublier, lorsqu'ils attendent après Vous: faites les lire. Rabelais, Rabner et Swift, font des auteurs à leur portée. Votre raifon enfin eft le feul empire, qu'il faut régler: fi Vous aviez vingt ans de moins, je Vous dépeindrois avec chaleur l'état d'une belle maîtreffe, je Vous confeillerois de détruire le caprice par l'amour, Vous conviendriez au moins, que fi les graces ont des défauts, ce font des défauts aimables. Un fardeau bien difficile à fupporter, c'eft l'ennui; apprenez à tirer de Votre fond de quoi le chaffer, oppofez-lui des reflexions neuves, folides et furtout le travail. Il eft peu d'inconveniens où le remède fe trouve plus près du mal qu'ici; qui s'ennuie plus d'une fois en douze heures, mérite de bailler toute fa vie. Il eft vrai au refte que la focieté du trifte N * * * ajoute à la mélancolie; il eft dans la claffe des mortels, ce que le point mathématique eft pour les géometres, fans largeur ni profondeur, plat et mince: c'eft l'homme du jour, mais de quelle année, de quel fiècle! le plus grand art et le plus difficile, c'eft l'art de vivre avec les fots, et fur cela, il faut que chacun confulte fa patience.

Théa-

Théatre ambulant.

De tous les théatres exiſtans, le plus intéreſſant ſans doute, c'eſt le théatre du monde; le philoſophe y a ſon opera, l'homme de bien ſa comédie et le ſot ſes parades, tout cela ſur la même eſtrade, et pour le ſimple prix de l'exiſtence.

A mon retour de France j'ai été à Stutgard; attaché au Souverain de ce Duché par les liens de la reconnoiſſance, et du devoir; je reſerve à Votre arrivée, l'hiſtoire de mon idendité éventuelle à cette cour.

J'ai été frappé de grandes choſes qu'y faiſoit le Duc: j'y ai vu un militaire bien tenu, des fètes auxquelles rien en Europe n'approcha jamais, j'y ai vu le génie ſur le thrône créé pour un Empire, Charles Eugene trop grand pour ſes états. J'ai eu le bonheur de faire avec ce Prince ſa ſeconde courſe en Italie. Le Comte de Papenheim, Mrſ. de Montolieu et de Milly furent du voyage; le premier connoiſſoit mieux que nous le coeur du maître, c'étoit l'ami du Duc. Mſr. de Montolieu mérita ſa confiance, Mſr. de Milly s'en tint à l'amitié comme moi à l'eſtime de ce Prince extraordinaire. Arrivés à Veniſe, la veille de la mort du Doge Loredan, nous en vimes les funerailles et l'élection de ſon ſucceſſeur Foſcarini; je fus chargé de la part du Duc de complimenter ſa Serenité ſur ſon avénement au Dogat, je fis comme Ciceron, je me tûs au profit de mon éloquence. *Hoc loco ſumpſi aliquid de tua eloquentia, nam tacui.* — *Cic. ad Atticum.*

Je ne finirai point l'éloge de l'hiſtoriographe Venitien, je m'en remets à la poſterité pour cela, mais je n'ai jamais quitté M* de Foſcarini plus ſatisfait et plus inſtruit: je vis le premier diner que le Sénat donne au nou-

veau

veau Doge *** *gran cattivo pranzo*, m'écrivit-il à ce fujet: *i tondi non me le danno non mangio criſtalli et de ghiacci di peſce edi manſo non me ne curo*: *pranzarete come fo jo ma congli occhi, e ci rive dremo in Brenta il Luglio, venture; la ſciaremo il Doge à Palazo, e mangiarette con Foſcarini.*

J'ai été plus d'une fois ambaſſadeur ſans en avoir jamais eu l'allure, et ſi je n'ai pas réglé les confins des deux Empires qui derniérement ont fixé le ſort des Turcs à Foxani; j'ai été cette fois ci l'organe du Duc auprès du Margrave de Bade defunt, rélativement à la cérémonie de la Toiſon d'or, que le Duc de Wurtenberg étoit chargé par la Cour Impériale de remettre à ce Prince.

Ce qu'on appelloit aſſemblées de maîtreſſes du Duc, étoit en femmes jolies et ſpirituelles, ce que les ſoupers de Sans Souci ſont en philoſophes et en ſavans.

Vous voyez le Prince pendant le jour; l'homme aimable à ſes Lubies, et la rivalité, fille de l'eſprit, y devient l'amie du coeur. Tout le monde ne penſe pas comme Vous, mon cher *** autrement les cours feroient peuplées de philoſophes qui n'y ſont point encore ce qu'on appelle bonne compagnie.

Il n'y a pas longtems, dites-Vous, que le Duc de Wurtemberg a paru à Veniſe, à une de Vos ſomptueuſes regates, fendant l'eau dans ſa barque dorée, éclipſant Jaſon dans la ſienne: les effets furent ici les eſclaves des cauſes.

⚓

De tous les hommes ſinguliers qui euſſent ſervi le Duc, le plus remarquable ſans doute, fut le Comte de Clari fils de Joſeph Sebaſtien,

Comte

Comte de Clari Aldringen et de M * la Comteſſe de Künigl. Je n'ai jamais
connû dans aucun ſujet de tel état quelconque, un plus grand penchant à
l'indépendance, que dans l'homme dont je parle.

. Né en Bohême, la langue de ſa patrie étoit devenue pour lui la racine
de dix langues qu'il parla avec aſſez de facilité, mais qu'il n'écrivit qu'avec
peine; il avoit ſervi avec diſtinction dans le militaire Impérial. Bleſſé à la
bataille de Lobofchiz et mis par là hors d'état de pourſuivre ſes fonctions à
l'armée, il ſe jetta dans les voyages, et ſes amis le retrouvent très-ſouvent
là où ils le croyent le plus éloigné: au recit de ſes avantures, on croit entendre Jaques Sadeur, qui dans ſes amours ſurtout, croit tout oſer, parcequ'il croit tout poſſible.

Son ame ſemblable à un cheval fougueux emporte ſon cavalier à travers les champs: l'hommage qu'il rend au beau ſexe, il le pouſſe à un point
où rien n'approche: c'eſt l'homme qui a vû par l'organe des ſens le plus
de femmes à voir dans la vie, et par l'amabilité de ſon commerce, le plus
de Souverains incapables de fixer en lui l'efferveſcence qui violentoit ſes
eſprits * * *. C'eſt l'Alexandre de la convoitiſe que notre Clari * * * Je lui
parlai un jour du Serail du Grand Seigneur * * *. „Belle bagatelle!„ me
dit-il très ſerieuſement, et ſans la moindre fanfaronade, (je connois le
fond de ſon ame;)„ belle miſère pour un homme qui a des deſirs auſſi étendus
„que ſont les miens„. *Impudicitia in ingenuo crimen, in ſervo neceſſitas, in
libero officium.*

Clari eſt une exception authentique à l'ordre naturel des choſes; il
s'abandonne aux femmes en citoyen, ſans pervertir l'ordre d'aucun ménage;
il ſuit en Icote, l'appel de ſes beſoins, et convoite les Princeſſes avec la
dignité d'un homme de coeur.

B 3

L₂

La nature, me difoit-il, m'a conferé une virginité pénétrative, que je ne perdrai jamais dans la dépravation qui dégrade l'efpece dont je fuis; Socrate et Platon excitent en moi un fentiment étranger à Alcibiade; j'ai-merois, je crois, Madame Socrate, Mademoifelle fa foeur, mais je n'ai pas affez de vertu pour faire ma cour à ces Meffieurs.

Je m'éloigne furtout de la maniere de faire ou de penfer du commun des hommes; le théatre eft la meilleure école à fuivre, on y voit paroître tour à tour les bouffonneries, et les beaux fentimens; c'eft le chef d'oeuvre de la focieté felon moi (*). — Plein d'idées méthaphyfiques fur les paffi-ons, il a été voir les reftes du fameux Théatre de Pompée, bâti fur le plan de celui de Mitilene, et dans lequel on avoit élevé à l'extrémité du parterre, un Temple à Venus la conquérante, où les degrés fervoient de fièges aux fpeɗateurs.

Le Duc de Wurtemberg connu par fes beaux operas, autant que par la fomptuofité de fes fpeɗacles, demanda un jour au Comte, comment il trouvoit fon théatre, et ce qu'il penfoit des aɗeurs: helas, Monfeigneur, Guadagni eft à mes yeux le heros même qu'il repréfente; cette chanteufe n'eft point Amafie mais Sémiramis * * *: l'homme qui fournit aux Lampes,

n'eft

(*) Ce monde-ci n'eft qu'un oeuvre comique
Où chacun fait des roles différens.
Là fur la fcéne en habit dramatique
Brillent, Prélats, Miniftres, Conquerans
Avec ferveur * * * la pièce eft écoutée;
Mais nous payons les fpeɗateurs;
Et quand la farce eft mal repréfentée,
Pour notre argent nous fifflons les aɗeurs.

I. B. Rouffeau.

n'eſt point l'incendiaire Eroſtrate; il ne met point le feu au temple, il dit: *Fiat Lux!* et les Luminaires éclairent. Au retour d'un bal, Clari pénétra un jour dans un couvent de réligieuſes en Italie; il étoit maſqué en Lubin, et le beau démon plût à une jeune profeſſe qui lui écrivit ſous l'adreſſe du diable, en chargeant la Tourriere de remettre le billet à l'eſprit infernal qui viendroit prendre la reponſe.

La timorée nonette, ſaiſie de peur, fit du bruit; la réligieuſe fut exorciſée, on mit des réliques aux portes, et on ne fit entrer au palais que ceux qui baiſent des réliques.

Clari parût comme Aſmodée au feſtin de Pierre; on cria au confeſſeur, qui à deux pas du perſonnage ſuſpeſt, pria ſa diabolique Excellence de ne plus paroître au couvent, en lui remettant toutefois la lettre de la réligieuſe energumene avec d'autres lettres adreſſées à quelqu'ange du manoir ſouterain, ou peut être à l'inconnu même. Notre ruſé démon rit à bouche cloſe, lacha un coup de piſtolet dans le veſtibule; le moine ſe retrancha, les réligieuſes ſe crûrent à un ſiège, et depuis la Tourriere juſqu'à l'Abbeſſe, toutes convinrent qu'il leur en coutoit de faire le ſigne de la croix pour éloigner le beau fantôme.

Le ſingulier coſmopolite va rarement ſans les oeuvres de l'Aretin dans ſa poche, il conſidère le traité contre l'impureté de Fr* Oſtervald comme un livre digne de figurer dans l'index des livres proſcripts à Vienne, ou à Rome.

Sou

Son fort fera peut-être celui d'Alcée:

Αλκαιε ταφος ετος ὁν ἐκτανεν ἡ πλατυφυλλος
Τιμωρος * * * * (*).

Une lettre de Venife du 15 Janvier 1775. marque que mon héros eft
à Padoue avec une femme Moldave enlevée, ce qui rend fa rentrée dans les
païs héréditaires très-difficile encore; on le dit mort, Padoue renferme la
cendre, mais fon nom vit toujours chez les aimables voluptueux du tems.

☆

Avez-vous lû *la pure vérité;* Brochure à laquelle il falloit l'affiche de
la vérité pour la repandre.   Heureux le Prince ami du vrai, qui ne s'offenfe
point des dures vérités qui parviennent à fa connoiffance. Il fut un tems
fans doute où les bords du Neker, préfentoient à l'Allemagne éblouie le
fpectacle de ces fêtes pompeufes qui avoient étonné jadis les controleurs des
Gaules et les économiftes d'Efpagne * * * *.   L'état feul étoit fans vigueur
* * * * trifte rémémoration pour l'hiftoire; le Duché a peu de reffources
littéraires: les deux Plouquets, pere et fils, gens d'un favoir peu ordinaire,
comme d'un mérite peu commun, mériteroient un théatre plus lumineux.
Un établiffement cependant fupérieur à toutes les lycées de l'antiquité,
c'eft l'école militaire de Stutgard, dont le Duc eft lui même le créateur
et le Platon.

Si les Ducs de Wurtenberg, prodigues dans leurs fêtes n'ont point célébré les fciences dans leurs univerfités, c'eft que dans ce Duché le fyftême

du

(*) Cela fignifie qu'Alcée mourût de la peine des adulteres qui confiftoit dans une
certaine maniere d'empaler * * * *

du fiècle paffé, s'arrètoit au préfent: les Princes n'y bâtiffoient que pour eux, auffi la démolition de leurs travaux eft· elle aujourdhui peu difpendieufe pour Charles Eugene.

> Tant de prudence entraîne trop de foin,
> On n'y prévoit jamais les malheurs de fi loin.

✵

Thalie.

Les livres font les archives de la mémoire et les materiaux de l'inftruction. Qui a le bonheur de réfléchir avec profit, lit peu, s'attache aux fujets qui fourniffent à la contemplation; muet avec les fots, il ne parle qu'à foi, le monde eft fa comédie et la poftérité fon théatre. Auteurs dramatiques, choififfez Vos portraits dans Vos coeurs, parlez à l'ame, elle Vous repondra.

✵

Unité d'action.

Un moyen fûr pour ne pas effaroucher la vérité, dit Cratyle, c'eft de ne pas parler, et de fe contenter de remuer le doigt: c'eft alors que le filence eft délicieux, quand la vérité ne fe fait entendre qu'à l'ame du fage; la langue des fignes ne parle qu'à l'efprit. Xenophon mit la recherche du vrai dans l'action; agiffez, difoit-il, la vérité dévancera Vos faits. Philofophes intrépides, amis de la vertu, fupérieurs en tout aux événemens, Vous fixerez les fuccès. Unité d'action étrangere au théatre.

C   Unité

Unité de Tems.

Jamais perſonne n'eſt entré deux fois dans le même fleuve, dit Heraclite; Cratyle dit mieux, qu'on ne peut y entrer ſeulement une fois. La vérité change avec les circonſtances et avec les hommes; et l'unité de tems lui convient auſſi peu qu'un théatre. Euclide mourût bleſſé par un roſeau en ſe baignant dans la Riviere d'Alphée; la recherche de toutes les vérités eſt le roſeau où le philoſophe s'appuïe; remettons en la découverte au tems, la vie de l'homme n'y ſuffit point, c'eſt le lot de la poſterité. Ptolomée Soter appella Diodore „*Cronos*," ou l'homme au tems; ce ſobriquet lui donna la mort: ſortis de notre équilibre, nous mourrons.

✣

Unité de Lieu.

Stilpon honnête, étoit généralement méconnu de ſes contemporains, ſeul capable d'écrire l'hiſtoire fonciere de la gaïeté. Il converſa avec pluſieurs philoſophes, mais pour ſe moquer d'eux. Voyez-le en converſation avec Crates, qui lui reprocha qu'il rompoit le fil d'un diſcours intéreſſant: ſoyez vrai, lui dit Stilpon, Vous me quitteriez à Votre tour ſi Vous aviez faim, nous nous retrouverions dans le même lieu une autre fois, mais les proviſions s'emportent. Ce ſeroit la défaite du gourmand, ſi le raiſonnement tenoit contre la faim. Le vin, dit Stilpon, eſt le beaume des viellards; une preuve du contraire c'eſt que Stilpon mourût avant ſa décrépitude.

✣

Unité d'Interêt.

Les paroles de Solon à Thespis fur l'ufage qu'il faifoit de la fiction dans fes
pièces, en difant, fi nous fouffrons ce beau jeu, il paffera bientôt dans
nos contracts et dans nos affaires; cette fortie méritoit correction. Thefpis eut pu repondre au Legislateur des Grecs: Je Vous ai vû de même, récourir à l'artifice lorsque Vous contre-fites l'homme égaré, au récouvrement de Salamine. La fiction qui produit le monftrueux, femble avoir eu
la fuperftition pour principe, les écarts de la nature pour exemple, et l'allégorie pour objet; c'eft le menfonge mis en action. Les faits du grand
homme ont fous le voile de la fiction leur juftefffe, leur vraifemblance et
leur interêt momentané.

✳

Unité de Caractere.

Le grand art aujourd'hui, eft de regarder le monde comme le judicieux
Comte Dognate, tout au contraire de ce qu'il paroit. Les actions
d'éclat fuppofent de puiffans contraftes, la raifon des contraires gouverne le
deftin des grands; et ceux qui dans la vie ont l'occafion ou le courage d'approcher des Rois, devroient avoir la maxime de Solon, préfente à l'efprit
toutes les fois que les Princes les fommeroient de parler le langage de la
vérité. En combinant les fables d'Efope avec le bon fens qui les a dictées,
la maxime de ne point approcher les Rois à moins de les flatter, n'eft point
en faveur de la morale.

Thefpis et la Chauffée, tous deux inventeurs d'un nouveau genre de
drames, peres éventuels d'enfans bâtards que le bon gout defavoue, ont

contre-

contrebalancé les règles du théatre en Grece et en France, que Lessing et l'Abbé Chiari Albergatti ont pour ainsi dire-adoptées pour l'Italie, et pour l'Allemagne.

* * *

J'ai toujours été en but à ce qu'on appelle manie d'auteur, me dit le Comte Hessenstein, avec lequel j'avois fait deux postes entre Bareith et Nuremberg. Je n'ai aucun livre sur mon compte, ma bibliothèque contient à Stokholm des matériaux pour en faire.

Il nous est défendu d'écrire comme nous voudrions. *Ut vero possum non libet.* Je passois la nuit à Furth; un spectacle bien singulier, une comédie ambulante, de la musique sans orchestre, me sauva pour une heure de l'ennui de petites villes.

Deux femmes en grands paniers entrerent dans ma chambre, passerent une corde à deux poulies; les juppes, partout assez les théatres des femmes, s'éléverent à mi corps: les décorations peintes sur le revers des gonelles devenoient l'arène, où combattoient arlequin Polichinelle et Hercule. Un coup de sifflet fit baisser le telon, et des acteurs de bois fournirent dans ce petit emplacement tout ce que l'on fait exécuter à des poupées sans trop choquer la vraisemblance.

On donna les fourberies de Scapin, et les acteurs censés l'ame de leurs machines, exprimerent assez bien, déclamerent à l'avenant, et ne tarderent point d'amener une scène tout à fait dans le haut comique, qui fit pleurer mon laquais. Il ne convenoit point d'interrompre les acteurs, et j'attendois l'intervalle d'un acte pour m'informer du sujet de ses larmes tout-à-fait pathologiques . . . . Helas Monsieur, si Moliere voyoit estropier ses

tragé-

tragédies d'une maniere fi impitoyable, il pleureroit plus fort que moi, dit Guillaume, c'eft mon auteur favori, et on le maltraite; malheur à la police du lieu, aux poliffons.

Tout cela s'étoit paffé entre lui et moi fans que perfonne en prit connoiffance. Je me propofois pour le lendemain d'engager la trouppe à jouer une forte d'attelane entièrement du reffort des mariónnettes. La repréfentation eft un art du fecond ordre, qui ne peut être bien jugé que par le gout; je me determinai à être à la fois auteur, fpeƐtateur, et aƐteur de la pièce, à coudre quelques fcènes les unes aux autres. Lifez mon ami, fifflez ou dormez c'eft égal, je ne vife à aucune célébrité en Vous abandonnant le plan monftrueux d'un drame éventuel, penfez, que c'eft moi qu'on abandonne, et Vous acheverez un point de morale étranger à la pièce, mais relatif à l'auteur.

Les pauvres de Lorraine auxquels le Roi Stanislas donnoit l'aumone, s'écrierent, oh que c'eft un pitoyable Sire, voulant dire dans leur patois, que ce Prince s'attendriffoit fur le fort des malheureux. Si Vous pleurez à ma comédie, c'eft, je Vous le protefte, une pièce pitoyable. Jugez en par les reflexions mêmes qui l'accompagnent. Guillaume a tort, mais convenez que Vous Vous attendriffez pour bien moins à nos théatres.

*   *   *

Les allemands de la maniere de laquelle ils s'y prennent, n'auront point de fitot un théatre proprement national. On appelle Roi de théatre un Prince, qui laiffe abfolument gouverner fon Etat par les Miniftres, qui n'a que la repréfentation d'un Roi et qui ne regne pas lui-même. Le théatre des allemands puife chez les françois, copie de l'anglois, obéit et ne crée

C 3   point.

point. Etranger dans fa propre maifon, bien loin de pouvoir fe flatter de la réforme d'un théatre, il appercevra au contraire qu'il vient d'en perdre un, fur lequel on ne jouoit à la verité que des attelanes, mais qu'il eût pû ennoblir, et corriger par l'étude des moeurs. Le gout de l'allemand tient au burlesque, et c'eft à cette partie même à laquelle il devoit s'attacher le plus : que ne donnoit-il à fes perfonnages des caractéres raifonnés, que ne redreffoit-il Jean Potage, que n'en faifoit-il un difeur de bonnes facéties, qui fit rire fans choquer les bienféances : dès lors l'allemagne eut acquife un théatre auquel la devife, *ridendo caftigo mores*, eut convenû davantage qu'à des fcènes étrangeres à nos ufages, qu'à des tirades mal traduites, mal rendues, que des pareffeux Hiftrions évitent de réciter en vers, pour ne pas perdre le droit affecté à leurs trétaux, de fubftituer la fineffe à la fimplicité, d'éclairer l'efprit aux dépens de la nonchalance qui leur eft propre. Que votre Hanswurft foit à la bonne heure un payfan naïf, facétieux, naturel, mais honnête; la décence eft au Village comme à la Cour. C'eft le cas d'en faire l'homme fans fouci d'Efope, l'homme lourd, mais fage d'Horace, qui du fond de fon épaiffeur inftruit lorsqu'il amufe. *Rufticus abnormis fapiens craffaque minerva.* Nos faux favans fronceront le fourcil, les fémelettes pleureront fur le rapt, que je leur fais de leurs triftes drames. Arrangeons-nous, mes chers compatriotes, fi déjà Vous voulez avoir un théatre national, ne fortez point de Votre caractère national: facétieux et naifs dans la vie commune, pourquoi ne le paroîtriez-Vous pas de même fur la fcène? Mais fi contre mon attente, Vous rejettiez mes confeils patriotiques, écoutez encore un mot, abandonnez l'idée d'avoir un théatre en propre, continuez à paraphrafer les bons morceaux d'Angleterre et de France, mais furtout ne perdez point de vûe l'étude des théatres anciens. Vous puiferez au moins à des fources originales, Vous créerez une école

de

de morale et de vertu, la même dans tous les Pays et fous toutes les formes.
Suivez la nature, abandonnez ce larmoyant à la ftatue d'Hercule, que Pigal
fait pleurer au tombau du Marechal de Saxe; ne revenez plus au comique
abjeɛte, jamais dans le caraɛtère de l'allemand, que des jongleurs ont de-
pravé à leurs parades. Dès lors, mes chers amis, Vous aurez un théatre,
on en fêtera les aɛteurs, on applaudira à Vos pieces; et des étrangers qui
ne rient plus ailleurs, fe plairont dans Vos ouvrages. Cette époque eft éloignée, je le fens, nos voeux le font auffi; cependant c'eft un fouhait de foi: abandonnez fans crainte l'unité de tems, que vous transgreffez fi heureufement déjà: l'auteur qu'on entend avec plaifir, ne s'attache fervilement aux
régles nulle-part; difons comme les Baslois dont les horloges font conftamment avancés d'une heure: il eft égal que la cloche fonne minuit ou midi,
pourvu qu'on ait faim ou fommeil ... A l'égard de l'unité de lieu, confer-
vons le point de vuë rélatif à la fcène, et promenons-nous: un drame mouvant en pleine Mer fur une flotte, fe conçoit fans peine: l'unité d'intérêt
eft feule à conferver. Encore ne crois-je pas me tromper, que les Anglois,
qui ont été auffi loin que les anciens, pourroient devenir en cela nos maîtres et nos modèles; faites-Vous donner par Votre Libraire deux tragédies,
chacune de fix aɛtes, les *Arfacides* jouées à Paris en 1775. de même qu'une
pièce allemande intitulée:

Die Reue nach der That. Frankf. 1776.

Vous ferez à même de confulter Votre montre fur l'ennuî, comme
fur les plaifirs qui auront rapproché le lieu, avancé le tems, augmenté l'intérêt; feules identités d'un bon fpeɛtacle.

Un Direɛteur des plaifirs réellement extraordinaire, c'eft le Comte
de Seau à Munich: la Régie de fa trouppe devenant pour lui une religion,

il y

il y croit, et ces doutes qu'on lui préfente, deviennent à fes yeux des héréfies, qui n'appartiennent point à la fcène, mais à l'homme. J'y ai vû en 1776. des décorations de collège, des transparents et des jeux d'hombre, les Batailles du Prince Eugene dans les Palais de Didon, des Sénateurs Romains en perruques et en fimarre, des tombeaux d'architecture moderne, dans les champs d'Egypte, et des piramides dans Annette et Lubin.

Le mauvais gout des fpectacles dans cette capitale, pouvoit être regardé alors comme un fiècle du grand âge du Comte; fes productions furent des rêves, et ce gout dominant de ce Seigneur portant fur les piéces fans paroles, n'y ayant que lui de parlant fur la fcéne, il fut à la fois le Bathylle et le Nabab de fon fpectacle.

Les deux fales de comédie à Vienne tiennent en partie des deux théatres de bois de M. Curion mort fous Pompée; fuspendus à des gonds de fer, éloignés l'un de l'autre, rapprochés à l'exigence des fpectacles. Et comme dans un des Théatres de Vienne on récite mal le françois, et que dans l'autre on beugle un mauvais allemand, il fera toujours inutile de les rapprocher fans donner dans le Sarcafme.

*　　*　　*

La volupté créa les machines des théatres, les graces les ornerent, et la défcription de l'odée de Rome, regardée comme un des beaux monuments de luxe, fe trouve bien à propos à l'article de la réfurrection de la chair dans Tertullien comme partout.

*　　*　　*

Le célébre Albert de Haller mort en 1777. me demanda dans une de fes lettres l'état des fpectacles de Vienne, comme une curiofité qui devoit l'inté-

l'intéreſſer après la deſcription que lui en avoient faite Meſſieurs de la ſuite
de M* le Comte Falckenſtein. Il ajouta, „le Prince Radzivill confédéré
„de Bar m'a demandé tout ce que j'avois écrit de ma vie, en m'offrant le
„titre de Général Major, dans ſes trouppes: cette propoſition me parût ſi
„ſinguliere et ſi à l'improviſte en égard à mon état, que je ne pûs m'empê-
„cher de demander à celui qui me porta le meſſage, ſi la trouppe de ſon
„Alteſſe avoit joué devant le Roi." La plupart des drames du théatre de Vienne, ſont presque tous des comédies militaires à mettre en pièces. Com-
parez un nombre de drames allemands au comique réellement à ſa place, aux deux comédies enfin *l'attellage des Poſtes* et *la grande batterie*
de M* d'Ayernhoff, que le Philoſophe Roi cite comme les ſeuls modèles
exiſtants à produire par les allemands à la défenſe de leur théatre ; le ſpecta-
teur s'il eſt éclairé, croit converſer avec Plaute, entendre Ariſtophane. Je
finis ce long article par un problème : ſeroit-il prouvé que chaque nation
eût ſon génie théatral en propre? que l'opera ne convint qu'à l'Italie, et à
l'Eſpagne, la comédie aux Francois, la tragédie aux Anglois, les attelanes
aux Portugais, et les drames aux ſeuls Allemands peut-être?

Viderint ipſi.

✣

Lettre.

Sïlurus Roi de Thrace, prenoit plus de plaiſir au heniſſement de ſon cheval, qu'à la muſique du meilleur joueur d'inſtrument. Le catalogue
des muſiciens que j'ai ſoin de Vous faire tenir, Vous fera connoître le génie
propre à l'Autriche pour cet art enchanteur. Le Catologue des Savans y
eſt plus étendu, mais on baille toujours en liſant un catalogue. Permettez-

D moi

moi de Vous parler aujourd'hui du talent du Viennois pour la musique, talent qu'il partage à succès égal avec l'habitant de la Bohême, si ce n'est avec plus de gout est plus de connoissance que lui peut-être. Je ne Vous livrerai cette fois ci que des dissonances, mais je me souviendrai toujours de ce que je Vous ai entendu dire d'harmonieux pour mon coeur. Remontons au penchant de l'allemand pour la musique, et je ne crois pas me tromper en l'attribuant en quelque façon à l'orgueil des nobles, qui mettent la science des tons au nombre de leurs fantaisies de luxe. Suivez le talent de la belle W*** c'est Latone, qui se livre aux transports secrets d'une joie orgueilleuse lorsqu'elle contemple la beauté de Diane sa fille, marchant au milieu des Nymphes et les surpassant de la tête.

> Quand vers le bois farcé qu' Erimanthe révère,
> Diane vient former quelque danse legère,
> En s'avançant au son bruyant des Cors,
> Alors ta joie, Latone, en la voyant si belle
> Ouvre ton coeur superbe à d'orgueilleux transports.

Le principe commun à ceux qui cultivent la source du plaisir, n'est point démenti par les nobles à Vienne; voyons à quel degré il peut avoir lieu dans le bas peuple de Bohême, où chaque individu est pour ainsi dire musicien titré avant de naître. Ce n'est point à la finesse des organes qu'il doit cette préférence sur d'autres peuples, ses tendons sont des cordes à boyaux sans apprêt, et c'est dans l'extrême pauvreté du Slave, que je mets la necessité de son panchant pour l'harmonie. Voyez ce misérable joueur de Harpe duquel on se moque, dit Diogene; s'il joue mal de son instrument, il aime mieux gagner sa vie de la sorte, que de se mettre à voler sur la route. Je fais moi-même comme les maîtres de musique, je change de ton pour aider les autres à saisir celui qui convient à mes besoins. Des trouppes de musimuficiens viennent dans presque toutes les villes de Bohême troubler devant les fenêtres le fommeil des habitans, en reveillant les caprices de leurs amantes.

Le confeil d'Horace, *Prima noCte domum claude* devenant inutile, c'eft tout gagner que de faire comme le coq reveillé avant l'aurore, attendre que le jour éclaire les amours de nos ferails. Vous trouverez en Bohême plufieurs muficiens forts en 7 à 8 inftrumens à la fois, d'autres qui differtent fur les cordes, fur les archets, fur le bois qui fait les violons . . . . J'y vis deux manchots pincer à eux deux une feule guitare : Shakefpear fait dire à un de fes perfonnages: demandez au violon ce qu'i! m'infpire, il repondra, j'en veux à fon cerveau . . . Clavecin tu flattes mon oreille . . . mais il n'y a plus de flute depuis que Minerve brifa cet inftrument en fe mirant dans un ruiffeau, s'y voyant defigurée par des grimaces; crois-tu que la mufette émeuve un fentiment? eh fans doute'. . . . elle excite l'urine. La fcience des tons eft devenue un art pernicieux en Europe, trop de Princes y donnent un tems, qu'ils doivent à des emplois plus férieux que n'eft la mufique. Un ancien et pauvre Duc de Gonzague étant embaraffé quel préfent il feroit à un Ambaffadeur de S. Rémo, qui étoit venu le complimenter fur le mariage de fa fille ; donnez lui, dit fon Miniftre, deux de Vos chanteurs qui Vous coutent trop, et gardez Vos boëtes d'or pour le tems auquel Vous renverrez le refte de l'orcheftre. Peu de Princes parviennent, comme le Roi de Pruffe, à exceller dans la fcience des tons à un point qui étonne les connoiffeurs.

C'eft ici le cas de dire, que ce qui vient par la Flute, retourne au Tambour; perfonne n'a mieux que le Roi allié ces deux extrêmes.

Mufi-

Mufique—Sermon de Sterne.

Ceux qui ont un grand ufage de la mufique", dit Ciceron, „connoiffent „dès que les flûtes préludent, quel eft l'air que l'on va jouer, et difent „fans s'y méprendre, c'eft Antiope ou Andromaque." Ceci dit l'Auteur du Dialogue de la Mufique, eft auffi peu raifonnable, que le portrait des idées de Platon tiré au naturel, dont Rabelais fait faire l'emplette à Epiffemon à la foire de nullepart.

C'eft un enfant qui nous donna les premières idées de l'harmonie, en faifant fervir fes chalumaux enfantins à l'emploi de la mufique.

Pirandre en jouant avec les rofeaux, inventa le flajolet qui donna l'idée des orgues. Le hazard fimplifia ces effais, il en refulta la flûte.

Orphée fut l'inventeur de l'opera devant une affemblée choifie de Bêtes *v. Rem. fur la dunciade de Pope.*

L'Abbé Serrin établit le même fpectacle à Paris en 1669. L'opera co-mique affez plaifant, chaffa de la fcène d'autres monftres, auxquels il feroit aifé de rapporter ceux de Lybie, et de Barcas qui s'accouploient quelquefois différemment et produiffoient de nouvelles créatures, premieres de leur efpece.

Mr.* Sédaine heureux dans la repréfentation de fes monftruofités, a fait le déferteur exprès pour agacer le fentiment de la gaieté dans le parterre, fans s'attacher aux règles ordinaires du théatre. Il n'en fût pas de même des fpectateurs. Le couplet: *Tous les hommes font bons*, qui attrifta M*** fit un effet contraire fur d'autres connoifeurs. Le Prébendaire d'Yorck Mr.* Sterne dit das fon feptieme fermon intitulé: *juftification de la nature hu-maine*, qu'au lieu de repréfenter les hommes fous tous les déhors de la mé-

chance-

chanceté, il auroit fallu en radoucir le tableau, tourner ces idées vers les vertus feules, à l'honneur de l'homme, par les efforts qu'elles coutent; l'innocence des enfans, la confiance et la fimplicité de la jeuneffe, l'amour des peres et des meres, l'horreur naturelle que nous avons pour le fang, notre pitié pour les malheureux. Toutes ces furfaces mal apperçues accréditent en quelque façon la penfée du predicateur anglois, s'il étoit moins difficile (objecte M. de Pezay) de concilier cette pitié fi naturelle à l'homme avec le premier mouvement, qui porte un enfant à rire de certains accidens qu'il voit arriver à fes femblables, tels qu'un faux pas, une chute etc. de fe rejouir aux dépens des imbecilles, des infirmes et des Viellards, à tourmenter des petits animaux. S'ils font le mal par ignorance, ils ont befoin de la reflexion pour faire le bien, et ce n'eft pas la nature qui les y détermine.

Vous m'avez forcé d'accumuler des citations, de faire un mauvais fermon d'un bon, que je viens de mettre en pieces; je Vous accufe feul de ce peché: Madame, faites penitence, relifez ma lettre et devenez cette fois ci encore mon cafuifte et mon juge.

Lettre.

Afpendius, Mufique, Armonica.

On fe tient depuis un Siècle affez conftamment aux jeux de focieté anciens. Le Piquèt, le trois fept, le Brelan et l'hombre font toujours de mode encore. Il en eft de même de la mufique ; on ne perfectionne plus aucun inftrument: au lieu de s'avoifiner un peu plus du chant, on abandonne les voix. L'idée de placer les cordes de la lire fur une boffe concave, pour la ren-

dre

dre plus ſonore, ramène à l'achevement des autres inſtrumens d'orcheſtre.
De toutes les fictions, celle qui annonce une vérité merite ſeule l'attention
du ſage; les heures qui paſſent legèrement ſur la ſuperficie des bleds, pré-
ſentent une allegorie auſſi difficile à imaginer, qu'à peindre.   Aſpendius
jouant à n'être entendu que de lui ſeul, eut le bonheur de ne pas déplaire à
quelque Minerve de ſon tems.   Une toile d'araignée fut l'embleme de la
fille d'Idmon, une cigale aſſiſe ſur la corde d'une lyre fut celle d'Aſpendius:
la charuë de Théophile n'écorcha dans le même ſens la terre qu'en l'ef-
fleurant.

J'ai connu à Bareit, un jeune flamand ſans argent, et ſans autre talent
pour en avoir que celui de faire croire aux ſourds qu'il jouoit de la guitare:
perſonne ne rit, par la raiſon peut-être, qu'il n'eſt point ridicule à une
femme de ſoixante ans de cacher ſes rides.   Sans être autrement clair-
voyant, je vis des oreilles, que cet homme deshonoroit ſa main ou ſon luth.
Le ſon de l'Armonica, que Metaſtaſe a célébré, et que la D^elle Daviel ſoeur
d'un autre artiſte, accompagna de la voix; le ſon triſte de cet inſtrument
approche peut-être le moins imparfaitement, aux ſons clandeſtins, que
l'Egoiſte Aſpendius tiroit pour ainſi dire furtivement de la Lyre.

> * * * * ne te del nuovo
> Armonico Stromento
> Renda dubioſa il lento
> Il tenero il flebil ſuono, Ebbiaſi Marte i Suoi
> Dira miniſtri.
> Strepitoſi oricalchi : una ſuave
> Melodia non di ſdegni,
> Ma di teneri affetti eccitatrice
> Piu convien al amor.

II

Il y a loin me direz-Vous des fons qui flattent l'oreille à ceux qui ravif-
fent: Afpendius peut avoir exécuté fa mufique devant l'amour dans ces mo-
mens delectables, où il étoit difpenfé de fe faire entendre.

L'affertion de Plutarque, en parlant de Pithagore, femble convenir à
mon idée. Il étoit d'ufage alors de manier le Luth pour encourager les la-
boureurs autant que pour fe procureur à foi-même une tranquillité artificielle voifine du bonheur. C'eft là qu' Afpendius autorifé à ne chanter que
pour lui, pouvoit dire fans doute: *mihi et fidibus cano.* Il lui étoit libre
alors d'employer à ce miniftere la main droite ou la main gauche, de fe
préfenter au Lycée, d'y recueillir même le prix de la mufique.

Pithagorae et fectatoribus fuis fufceptus mos fuit, ut Lyrae cantu, tum ad
laborem accenderent, tum ad tranquillitatem reducerent femetipfos.

Les ouies des Créatures de ça bas, dit Montagne, endormies comme celles
des Egyptiens par l'harmonie des fons céleftes, ne peuvent diftinguer les mêmes
fons quelques vifs qu'ils foient.

Que diroit-on au 18e Siècle, d'un homme qui renfermé dans un palais, ne feroit peintre, orateur, critique, muficien, homme univerfel que
pour lui: qui s'écrieroit comme l'hermite que vit Brandius dans les bras de
fa chere fleur de lys.

> Hor ftando inginochiato vide far a color,
> Quel gioco ftrano
> E vennegli fi tratta tentazione
> Ch'il breviar gli cade della mano.

Il n'eft chofe fi étrange, qui ne traverfe l'efprit de l'homme, toujours
à l'enquête de quelque nouvelle folie. Ceux qui dans Pamphilée parviennent
fans

ſans bruit à quelque but important, s'appelloient joueurs Aſpendius; on appliquoit même ce ſobriquet aux plagiaires. Mr. * Koch (*Schediaſma.de ordinanda Bibliotheca*) cite pluſieurs inſtrumens, qui conviennent aux gens de Lettres: la Lyre ou le Luth d'Aſpendius, y ſont recommandés de preference. Turcaret leur préfere le Tournebroche.

Laetamini in domino.

Petit Prophéte.

Je viens de voir un Bachelier de Boehmiſchbroda; ne doutez pas qu'il n'ait été queſtion du petit Prophéte, il me fit voir un Arius Montanus aſſez bien conditioné à la charge duquel il avoit écrit * * * avec de l'encre colorée au chapitre des Prophétes. *Et nos habemus Prophetam, nomen ejus non reperitur in matricula ſacratiſſimae eccleſiae noſtrae, ſed vidi librum impreſ-ſum Lutetiae Pariſiorum ab autore illuſtriſſimo Joh. Nepo. Waldſtörhel de Waldſtorch. Utinam eſſet publici uſus, utinam eſſet traduſtus.* Un des paroiſ-ſiens du paſteur famélique, me dit, avoir entendu citer ce Prophéte dans un Sermon.

Mr *. Grim avoit attiré à lui les complimens de tout Paris par ce joli petit ouvrage, et le petit Prophéte n'avoit pas prévu qu'une diatribe contre la muſique dominante d'un païs, dût raſſembler tous les accords en ſa faveur; mais voici une muſique bien différente de celle de laquelle il s'agit.

M *. de Wanzura le Radegaſte de la Bohéme appellé *Par Dieu Wan-zura*, fit à mon arrivée à Planian l'hiſtoire de ſes rodomontades; il ne fut

point

point ému de mon férieux, à fon récit. Il me parla de toutes les femmes, et n'en connoiffoit pas une; il prédit toutes les Batailles, qui fe donneroient après fa mort, et finit par une révérence auffi fracaffante que celle d'Othon, qui fit trembler le Capitole.

Otho in Capitolio pepedit.
Riferunt Comites.

✳

Station.

Peintre en Prophéties.

De toutes les maffes amoncellées pour la deftruction, le Temple de Marcellus qui paroit plus qu'aucun monument fait pour l'éternité, rameneroit les hommes à la vertu et à l'honneur, s'ils pouvoient s'en écarter jamais. Ces ames fortunées, qui refufent à l'orgueil ce qu'ils accordent au fentiment, ne peuvent que desaprouver dans les anciens leur extrême penchant à la flatterie. Je ne Vous difpute pas, que l'art d'affervir l'efprit, d'affujettir la prudence, ne foit ancré dans le coeur de l'homme, toujours ami de fa foibleffe et careffant celle des autres; s'il eft des tems néanmoins auxquels les éloges ne font point deplacés, c'eft au tems de la poftérité qui ne flatte perfonne. Sans pouffer la disparate jufqu'à flatter nos flatteurs, difons d'aimables vérités aux hommes, et ne défefperons pas de leur eftime.

Si je difois, mon cher ... qu'une de ces effences, appellées anges, gnomes, fylphes, qu'une de fes intelligences eût donné à Votre jeune époufe la premiere idée du plaifir, Vous n'y feriez peut-être qu'une attention paffagère: fi en changeant d'argument, je Vous comparois à Jupiter ou à Hercule, Vous ririez de mon allégorie; fi cependant en ne me ren-

E   dant

dant qu'à l'évidence, j'affurois le public, que perfonne n'eft plus inftruit des
devoirs du citoyen que Vous, qu'habitué à chérir la vertu et à rire fecréte-
ment fur les ridicules, Vous éties l'artifan d'un bonheur dont la raifon ne
triomphe pas toujours: Vous diriez par modeftie, „cet homme croit tout
„poffible", mais Vous ajouteriez en me connoiffant bien, „ce flatteur eft
„mon ami."

Quid enim ratione timemus aut cupimus?

Juvenal.

Vous ne ferez plus furpris de l'ingenue defcription que je Vous fais
de ma finguliere converfation avec un homme rare, qui à la vuë de ma Berline, avoit calculé fans s'y méprendre, que j'aurois plaifir de faire fa lumi-
neufe connoiffance.   Il avoit exactement l'air de Ninias à l'entrée du tombeau de Ninus.   Je fuis furpris du bonheur qui m'arrive et mon étoile . . .
N'achevez pas Mr. l'interrompis-je, je n'aime point l'encens, parlons de
vous . . .   Je fuis peintre, fut la reponfe et fur toile d'araignée, j'ai de
plus le talent de réver pittoresquement fur l'avenir, et je trace dans le livre
que voici, les tableaux que je vois en fonge. Je m'appelle Loppuch de Chiefe,
né à gros Ofnich, village peu diftant de Lottur.   Mon ayeul Philippe de
Chiefe, Architecte de Frédéric Guillaume le Grand Electeur, donna le
nom aux Berlines, voiture commode qui mena M. Chiefe de Berlin à Paris.
Richelet fait dériver le mot Berline de l'Italien; or *Berlina*, en langue Tos-
cane ou Romaine, fignifie fellette ou fiège de douleur en François. . . . Et
Votre Berline au contraire a l'air très douce. . . .   J'avois débuté par être
Jefuite, ennemi de tout ombre de duplicité; j'ai troqué cette focieté contre
celle des Prophétes. . . .   Et changé de rufe, repartis-je? . . . Pourquoi me
dites-Vous une injure, quand je Vous parle avec politeffe, ceffez de m'hu-
milier, Monfieur, ferois-je moins partie de l'infini en careffant ou en battant ma maîtreffe? la rufe n'eft elle pas à la force ce que les peintures de

Coypel

Coypel font aux tableaux du Corréggio étonné par fon génie. Il en eft ainfi de tout ce qui fait image, dans la nature. Un livre intitulé: *L'univers frip-pon*, ne feroit pas difficile à imaginer, fi les élémens pouvoient l'écrire; il feroit dangereux néanmoins, que les hommes s'en occupaffent fans donner des arrhes à ceux qu'il feroit congrû de ne point nommer dans le plan de l'ouvrage. L'araignée, le Polype, la grenouille d'Egypte guétent à pro-portion de leurs organes les moucherons, les goujons et les hydres; les plantes mêmes font des appas pour plus d'un infecte; la Dyonea mufcipula fe nourrit de mouches et de coufins.

Etres à la merci de la deftruction, à qui Vous fierez-Vous, fi Vous êtes Vous mêmes les dupes de la nature; d'elle, qui feule eût pu découra-ger les fourbes, s'il ne leur reftoit une reffource fur laquelle ni les élémens ni les trois regnes ne pourront jamais rien. La politique du méchant, le ftratagême du lache et la politeffe du fot déroutent la nature entiere..... Fera t-il beau démain? demandoisje à mon peintre—Comme il Vous plaira, me dit-il, pourvu que par Vos bienfaits, Vous me mettez à l'abri des fri-mats. Je n'accepte jamais rien de perfonne, à moins que ceux qui me regalent m'atteftent d'avoir été généreux un tel jour; et fi Vous me propofiez de pein-dre un homme réellement généreux, je Vous repondrois que le mannequin en eft brifé. Mon procédé, j'efpere, n'ayant rien que d'honnête, il y a moins d'irrégularité dans ma conduite, que dans celle de bien des gens. Il eft plus honorable felon moi de fe prêter à l'aveu d'un bienfait, que de donner quit-tance d'une dette qui deshonore quelquefois celui qui s'en acquitte. . . Vous badinez M. Loppuch, tout bienfait n'eft qu'une rétribution duë à l'huma-nité; je ne fuis le bienfaiteur de perfonne, mais j'oblige en ce cas; . . . . Voyez mon livre . . . Volontiers, j'y vis des Tables chronologiques; for-ce noms de Princes, de jeux d'enfans, peu de faits qui méritoient des table-

aux,

aux: et comme pour ſa propre ſatisfaction, il faut uſer d'artifice avec celui qu' on ſoulage, et que cet artifice conſiſte à lui faire du bien comme ſi on s'en faiſoit à ſoi-même, j'écrivis les mots ſuivants ſur les tablettes de mon viſionaire: Je dois des remercimens à Mr. Jean Loppuch de Chieſe natif d'Osnich, exjeſuite, Prophéte, deſſinateur, hyperborëen et point flatteur, du plaiſir qu'il m'a donné par ſa nouvelle maniere de bigarrer ſes viſions. J'oublierai jusqu' à ſon nom, ſi en me préſentant une autre fois ſes tablettes, il ne me permet d'y crayonner ma ſignature aux mêmes conditions que je viens de faire aujourd'hui.

Une inclination de la part de S. Loppuch eût préſenté à quelque Géometre la figure d'un triangle parfait, auquel lui même eût ſervi de baſe; je dis à Guillaume, c'eſt bien dommage que dans l'alternative du fou au grand homme, presque tous les portraits ſe reſſemblent. La fable donne trois têtes à Geryon, petit fils de la tête de Meduſe, et neveu du cheval pegaze. En 1776. l'homme de la foire St. . . Ovide portoit grotesquement trois têtes (dont deux étoient de earton); un mauvais plaiſant en racontant cette nouvelle merveille, dit que ce Geryon moderne avoit deux têtes poſtiches, et la vraie dans la poche. Les experts ſeroient fort embaraſſés d'expliquer ce conflit de têtes, pour peu que l'illuſion embaraſſe la leur.

☼

Lettre.

Toton.

Si la terre n'étoit qu'un grand creux tapiſſé d'évenemens, et que l'homme y fut placé au centre, il eſt probable qu'il auroit la figure d'une Toupie, et qu'il tourneroit comme elle pour achever par un nombre infini de tors

le

le cicle qui régla fa deſtinée. Je fors d'un ſpeſtacle qui auroit embaraſſé Nine et Copernic, la tête leur eût tourné avec le globe. Une fille de feize ans, faite à ravir, que Vous euſſiez pris pour une des graces fans les atours qui la couvroient, tournoit fur un pied, d'une viteſſe ſi étonnante, qu'elle difparoiſſoit pour ainſi dire aux yeux des ſpeſtateurs. Je m'informai de fa conduite, on me la dépeignit fage, les devôts mêmes lui trouvoient des graces; abandonnée par fon amant moins infidele qu'ingrat, le défefpoir s'empara de l'ame de cette jolie falienne.

Je l'invitois à me faire part de fes traverfes, et je partageois d'avance fes chagrins avec elle: rentré chez moi, je crus avoir lû dans l'ame de la jeune tourneufe, et je m'amufai à écrire le monologue que je Vous envois, pour Vous intéreſſer avec moi à la difgrace de l'abandonnée: Je crus l'entendre parler à fon amant, lui dire. . ..

J'arrive de Stockholm, j'y ferois encore ſi j'avois prévu ton inconſtance; j'ai fait une étude de l'agitation, elle nait avec l'homme: ah depuis que je ne t'ai vû, j'ai repris mes anciens exercices, ton fang ne fe renouvelle pas moins fouvent dans tes veines que je tourne fur mon pied, mon coeur feul n'eſt point girouette. Helas! mon pauvre L * * * malgré tous les torts fur lefquels il n'eſt point d'excufe, tu es encore toujours l'aſtre autour duquel s'agite ta Cybele.

Pars mon ami, mais écoute un feul moment ton amante. Je conviens avec toi que les hommes de ta forte ont auſſi leur mouvement propre, qui les force à faifir de petits corps dans le Tourbillon qui les entraine, mais ce n'eſt pas toujours moi que le vent enleve. Vois ces enfans qui courent après ce hochet, tournant avec rapidité autour d'un centre, ſillonant dans un vaſte efpace mille ronds pas plutôt tracés, qu'effacés: fon mouvement

eſt

eſt admiré de la jeune trouppe qui l'entoure, un feul enfant renforce cette Toupie malheureuſe, tous la fouëttent: fais toi à cette image, dis, c'eſt ma M * * * qu'on maltraite .... Je m'efforce envain de faire naître à mon époux des idées auſſi heureuſes que les miennes. Comme le ferpent verſe tout fon poiſon dans ſes veines, la fureur s'empare de l'ame du Ty-ran, il fuit ma préſence ... Ne pouvant calmer ta fureur, j'ai garde de te réſiſter, je céde à la tempête, mon fang expiéra mon amour et ton ou-trage. Toi homme cruel pénétré de tardifs remords, tu implorera les dieux, qui ne pourront t'excuſer: ils ſont tous pour moi, et l'eſpoir d'une mort douce et tranquille ne peut-être que leur ouvrage.

Figurez-Vous à ce foliloque d'entendre la Reine Laurente, qui trou-blée, court autour de ſon Palais, va, vient, s'arrète, retourne ſur ſes pas, c'eſt le Toton de Virgile ſerpentant ſur un terrein égal, et fouëtté par des fous.

         ❊   *   ❊

Quelque preſtige qu'ait opéré Noverre, la jeune ingambe dont je Vous ai parlé, tournera toujours, mais ne danſera jamais: ce ne ſont point les graces, c'eſt le foulier qui s'exprime — *at vos linguam habetis in calceis*. C'eſt avoir la langue dans ſon foulier, dit Athenée. Je conviens que l'air aiſé et la force ne ſont point incompatibles, que la Statue d'Hercule à côté de celle de Venus ne choque perſonne; il ne faut point cependant outrer ces deux genres. On ne regarde point aux attitudes dans les Danſes en Alle-magne; les ſales de bal ſont des manèges, et les danſes celles des moutons qui bondiſſent, ſe quittent, ſe rejoignent, tournoyent, gagnent des verti-ges et expirent en meſure. Une repriſe de belle muſique les rend à la vie pour la leur faire reperdre encore; elles goutent ainſi vingt fois dans une

                                            nuit

nuit le doux tranſport de l'agonie, et le plaiſir de reſſuſciter et de mourir.
Auſſi peu faits aux menuets, que les françois le font aux danſes allemandes,
je me ſouviens de la plaiſante deſcription que Mſr. * Mailhol fait de nos
Bals en diſant . . . „des aimables filles croyoient que nous marchions en dan-
„ſant, et nous croyions qu'elles ſautoient: petit à petit les gouts ſe rappro-
„cherent; on eût l'avantage de gâter les deux danſes: elles marcherent avec
„nous dans les allemandes, et nous ſautames avec elles dans les menuets. „

*

Veſtris m'interrompt de Votre part, il m'apporte une lettre de Mad. W.
qui me fait l'hiſtoire du Bateleur de Surate, *chi vien la patria à deſignar col
piede* : le même Veſtris ſortant du Cabinet du Duc de W*** dit qu'il n'y
avoit qu'un Dieu, qu'un Frederic, qu'un Veſtris. Je fis part de cette *bra-*
vura di parole à Voltaire: il m'envoya pour reponſe ces vers ſublimes ; eh!
en fait-il d'autres! J'en devins le promoteur et le pròneur dans les journe-
aux les plus repandus d'alors.

> Piron ſeul eut raiſon, quand dans un jour nouveau
> Il fit ces vers heureux dignes de ſon tombeau:
> „Ci git qui ne fut rien, quoique l'orgueil en diſe.“
> Humains, foibles humains, voilà votre deviſe
> Combien de Rois, grand Dieu! jadis ſi reverés,
> Dans l'éternel oubli ſont en foule enterrés.
> La terre a vu paſſer leur empire et leur Thrône,
> On ne ſait en quels lieux fleuriſſoit Babilone.
> Le tombeau d'Alexandre aujourd'hui renverſé
> Avec ſa ville entiere a peri diſperſé.
> Ceſar n'a point d'aſyle où ſon ombre repoſe,
> Et le danſeur VESTRIS veut être quelque choſe.

Je

Je fuis comme le Retifero qui fe conferve longtems fous l'état de pouffiere, je ne reffufcite qu' arrofé par l'amitié.

Tout à Vous.

Lettre.

Berlin.

Tranfportez nos Operas chez les Chinois, et les leurs en Europe, nous
prendrons leurs acteurs pour des Philofophes qui miaulent, mais nous
prendront-ils pour des Serins? Chriftophle Wagenfail fit l'hiftoire des Trou-
badours ou Minnefingers d'Allemagne. Des perfonnages célebres fe targuoi-
ent du nom de Bardes; on fait rémonter leur origine à l'Empèreur Othon II.
Ils chantoient les vertus des hommes de leur tems, et comme nos ancetres
n'étoient ni fophiftes ni rhétoriciens, ni flatteurs; leurs difcours n'étoient
point des fimples panegyriques, mais des éloges fentis, qui paroiffoient étendre la vie des hommes au de-là de fes bornes réelles: inftitution falutaire,
et confolante pour l'humanité portée aux belles actions.

Plura fecuri fudiftis Carmina Bardi

Lucain.

On ne chante aujourd'hui nulle part, et pour peu que l'on remonte au
déchet de nos bons Allemands, comparons nos Societés aux leurs, et nous
aurons fait en deux mots la parodie de nos vertus.

Les Allemands ouverts dans le tète à tète, ne connoiffent d'autre fecret que la maçonnerie; cette focieté nombreufe eft compofée de perfonnes
de tout Pays, et ce que l'on peut pénétrer de leurs myfteres, dit *Chambres*,

ne

„ ne paroit que louable ; tendant principalement à fortifier l'amitié, la fo-
„ cieté, l'affiftance mutuelle, à faire obferver ce que les hommes fe doivent
„ les uns aux autres.“ Si la loi les profcrit, il ne leur refte que d'obéir et
d'entendre leur fecret au bien, qu'ils feroient à même de faire fans gène
partout, fi la publicité convenoit aux belles actions.

Cette Societé fameufe a eu deux époques remarquables, celle de l'ini-
tiation d'un grand Roi, detaillée dans les Lettres du Baron de Bielefeld, et
l'acte de protection pour la loge nationale d'Allemagne, expedié au bureau
des affaires étrangères à Berlin, 17. Juillet 1774. figné F R E D E R I C, para-
phé, Finkenftein, Herzberg.

Une remarque à faire à ce fujet, c'eft que Voltaire refufa d'être initié
à Berlin à ces myftères. Il accepta à 90. ans l'invitation de la loge des Mu-
fes à Paris: M* de la Dixmerie en chanta l'Epoque dans ces Vers:

> Au nom de notre illuftre frere
> Tout maçon triomphe aujourd'hui.
> S'il reçoit de nous la Lumiere,
> Le monde la reçoit de Lui.

Le fecret des maçons eft de n'en point avoir dit le jeune S* à Madame
L ** C'eft la différence qu'il y a de Vous à eux, Monfieur, lui repondit
cette Dame : chez les Maçons le fecret eft un mot d'honneur, chez Vous
un fimple mot d'honnêteté.

✳

F

Le

Le Raconteur de Venife.

Le Raconteur à Venife eſt un homme autoriſé, privilègié même de ſe placer à différens Sits, d'atroupper Compágnie, d'entretenir l'aſſemblée de tout ce que ſon imagination lui fournit d'intéreſſant. Je decouvris un grand fond de crédulité dans le Corſe. Un Charlatan qui ſe diſoit Indovino et diſciple de Copinus ... regarda aux nuës, en combina les figures, leur donna des attitudes de fantaiſie, y faiſoit voir des Batailles, des Sièges etc. annonça la fuite de Paoli aux badauds les plus voiſins, montra le vaiſſeau ſur lequel il fuiroit, donna ſes prédictions par écrit .... et les gens ſenſés reconnurent dans le Charlatan, un homme gagé à ne dire au peuple, que ce qu'il devoit lui perſuader. Le debit de ſes diſcours, étoit pour ainſi dire, le réſultat de pluſieurs conférences, où tout homme doué de la parole avoit ſa place comme Citoyen, comme Grammairien, comme Senateur.

Pour donner une idée de la maniere de raconter de ces Meſſieurs, l'Oracle de la place s'énonce à peu près en ces termes dans le cours de ſon ouvrage. Les Loix, dit le Raconteur, ſont une grande chaine tendue d'une extremité à l'autre de l'Univers; les Grands ſautent par deſſus, les Petits ſe gliſſent par deſſous; c'eſt quelquefois le combat du Rinoceros et de l'Elephant. On met un bandeau ſur les yeux de Themis, pour marquer qu'elle eſt impartiale. D'une main elle tient la balance, de l'autre l'épée; mais on lui a laiſſé l'ouie et le tact, c'eſt à l'aide de ces deux ſens qu'elle abſout ou condamne; le poids des fluides rabaiſſe les baſſins, ou les éléve tour à tour.

�֎

Le

Le Raconteur.

Maron, pere d'un fils et d'une fille, vient de coëffer d'une cornette le fils et donna des culottes à la fille: les deux enfans ignorant leur vrai fexe, il en refulta une indecence, le fils apprit à aimer les garçons et la Demoifelle à ne pas aimer les filles. Ce contrefens devoit naître de la ftupidité des mâles grands fots en amour, et de l'aftuce des filles. Que le même pere faffe lire à fon enfant Horace et les oeuvres de Melle Burignon, il en fera un efprit fort: Horace et Boffuet en feront un vrai Chretien. Or Meffieurs et Dames, pour Vous témoigner la reconnoiffance que j'ai de l'attention que Vous daignez me prêter, permettez-moi l'honneur de Vous inviter à la fortune du pot, chacun chez foi.

*   *   *

I.
Efprits forts.

Les hommes habitués à vivre dans les ténébres regardent le foleil comme un aftre exactement inutile. Un Saxon qui vient de folfier devant Frederic, chante le fauffet à l'égal de la plus belle haute-contre, forme fix parties fans autre accompagnement que lui feul, entonne tour à tour des airs Italiens et des hymnes Ifraëlites. Ce Virtuos a le talent d'imiter le rire de tout le monde, il nomme les perfonnes en les entendant rire. On lui demanda s'il avoit vu le Prince Picolomini? Comment voulez-Vous que je connoiffe ce Général, repondit-il, il ne rit jamais. S'il a manqué de talent, c'eft en quittant plufieurs Religions dans l'incertitude toujours s'il ne changeroit point encore. Ce n'eft point libertinage qui me fait prendre un parti, c'eft le doute me dit-il, et je recite toujours en me couchant la priere d'un diffi-

pateur

pateur du XVI Siècle. *Grand Dieu ne m'abandonne pas, ou je t'abandonnerai pour für : e grano la verita paglia la Bugia.* Le changement de Réligion dit Voltaire, est une marque des plus fensibles de la foibleffe et de la légéreté humaine; on s'en tient presque toujours à la première, parce-qu'elle est le chef-d'oeuvre des préjugés et de l'éducation ... Voilà pourquoi l'on voit fi peu de vrais Chretiens . . .

Ma femme est baptifée, mais Turque dans fes ufages, elle s'attendrit fur le fort du peuple juif, elle est quiétifte avec fes gens, elle n'aime ni le vin, ni le jeu, ni les femmes; elle m'adore, et je la crois pour cela gentile, folle ou idolatre.

Mon fils, dit le Duc de Brifac, n'est point ivrogne, point brelandier, point putaffier ... il fait ce que font les autres.

En remontant aux efprits forts de nos jours, le culte qu'ils donnent à Dieu, tient affez du Paganisme; ils adorent à la fois, dit Madame de Sevigne, „les Grands, l'Opera, la bonne chere et les femmes; ce qu'il y a de „fur, c'est que mon chantre ne va point à la meffe; je hais Pilate, dit-il „toujours:"

Odio Pilato: e nel odiar lo eccedo,
Trent anni fon che non vado à meffa
Per non udirlo nominar al credo.

C'est à Vous, mes chers Meffieurs, que j'abandonne la critique de ces verfets: *infanire libet quoniam vobis.*

J'ai oublié de Vous parler d'un Ifraëlite, qui avoit le fingulier talent de faire faire à des oifeaux les évolutions les plus fingulieres. Les uns tenoient une échelle avec leurs pattes, pendant que d'autres faifoient l'équilibre au haut de l'échelle, d'autres font couchés fur la corde, y balancent fans

perdre

perdre l'équilibre ; fe préfentant en grenadiers le bonnet en tête, la giber-
ne, le fufil fur l'épaule, la mèche dans une patte, mettant le feu hardiment
à un petit canon.

Le même oifeau fe laiffe mettre fur une brouëtte, comme pour être
conduit à l'hopital et s'envole : on brule enfuite de l'artifice autour de lui,
fans que le bruit ni le feu lui faffe quitter fa place.

On rencontre fouvent dans des routes très-frequentées, des incidens
qui font époque; comme on ne lit pas toujours avec prévention, les voyages extravagans de Jaques Sadeur.

Si l'Abbé Coyer fe fut avifé d'appercevoir une baleine dans le port de
Sinigalia à la fuite de fon voyage en Italie, on en eût ri comme d'un Conte;
fi *Pipps* eût trouvé une écreviffe d'eau douce au 90. degré qu'on eût crié au
miracle. Je Vous conte mes avantures fans fafte et fans emphafe, fans
m'embaraffer, qu'on les trouve extraordinaires, *peu* ou *point*, n'importe.
Je m'étois permis dans le tems quelques penfées fur la foibleffe de certains
hommes, dont l'ame n'exifte que dans la poffibilité d'en avoir une, à l'occafion du joli fpectacle que me donnoient ces oifeaux en amorçant un petit
Canon.

Le Baron de G....s anima ma profe, et fit les vers que je copie
pour Vous.

Gedanken auf die fchwache oder vielleicht gar nichtige Seele einiger Menfchen,
die fich des Schieffens fürchten; bey Gelegenheit als ein Fremdling von einem
Vogel eine Kanone losbrennen und von demfelben noch mehrere
Künfte im Feuer machen liefs.

An meinen Freund G. v. L. zur Cenfur.
Was lobt man denn fo fehr den bärtigen Soldaten,
Wenn er geftreckt auf feinem Poften ftcht?

Das will ich euch hinführo nicht mehr rathen,
Hier steht ein Vogel wacht mit donnernder Musquet,
Die Klaue strekt den Lunden auf die Kanone hin,
Und blitzend fährt der Donner durch eherne Geschütze.
Das Thier steht unbewegt, kein' Furcht erregt den Sinn,
Und ihr Vernünftige schreckt euch für Pulver Blitze.
O Brüder rühmt euch nicht des Menschens Götter Gaben,
Und sinkt zum Staub des Nichts von eurer edlen Höh,
Schämt euch der ew'gen Seel (wenn ihr sie glaubt zu haben)
Und macht dem Vogel Platz, dass er zum Himmel geh.

L. den 1. Sept. 1776.

T. Freyhr. v. Gugemos.

Ma Traduction.

Hommes pusillanimes, précipitez-Vous dans la poussiere du néant, cessez de prôner avec emphase le fier Soldat à moustaches frisées; roide et ferme, il garde son poste, ne le quittant que pour fuir, ou pour se joindre à ses defenseurs; fixez plutôt cet oiseau intrépide, pressant le foudroyant mousquet contre sa petite aile arrondie ; sa griffe mignone saisit la mêche enflammée, et l'abbat vers la lumiere du canon voisin.... L'éclair traverse l'airain avec fracas, rien n'émenut ce petit Dieu sur son Olympe, nulle peur trouble une existence aussi frêle que la sienne ... et Vous mortels ... doués de courage et de raison, Vous tremblez au bruit du tonnere, la foudre d'un Dieu eloigné Vous fait trembler. Foibles humains, ne Vous targuez point des dons de la Divinité que Vous démentez par Vos actions. Du haut de la Cime de Votre chimérique grandeur, rougissez de Vous croire une ame.... Il n'en est point dans des roseaux que des vents brisent.... Faites place au petit serin dont la demeure est l'Empyrée: bien plus dans le chemin du Ciel que Vous, tristes mortels collés à la terre, ce

gentil

gentil habitant des airs s'y éleve fur les ailes de la nature, il s'éloigne en chantant des regards des hommes, et s'élance dans les nuës vers les portes du firmament.

*   *   *

Ce même oifeleur imita le fon de voix des principaux perfonnages d'Europe, et fa femme le chant des virtuofes les plus accreditées: elle monta affez bien jusqu'aux cordes tranfcendantes de la Gabrieli et defcendit à volonté aux fons profonds de Gelliote et de Romani. Un petit garçon contrefit à la fin de cette parade le miauler du chat, l'abboyement du chien, et en général les cris de tous les animaux connus, hors le fien . . . notez qu'il étoit muet. De quoi ne s'avife pas l'induftrie!

✣

Le Livre mort et vivant.

C O N T E.

Un jour un braconier prit dans une taniere
Un fort jeune levreau, dont il tua la mere.
Il fût en peu de tems le rendre familier,
Attentif à la voix, obeiffant, docile;
L'abftinence et les coups rendirent tout facile
Au brutal conducteur du pauvre prifonnier.

Robin apprit bientot à battre de la caiffe
Il fût parfaitement contrefaire le mort,
Sauter fur le bâton, et danfer à la leffe;
Il fut fi bien dreffé qu'il nourrit fon Mentor.

Celui

Celui-ci le portoit tantot à la cuifine,
Tantot chez le traiteur; bref, dans mainte maiſon
„Achetez mon Levrau, c'eſt gibier de ſaiſon;
„Voyez comme il eſt gras, comme il a bonne mine!

Robin les yeux fermes, ſans aucun mouvement,
Etendu ſur la table, étouffant ſon haleine,
Se laiſſoit acheter; mais pour un ſeul moment,
Et c'étoit chaque jour quelque nouvelle aubaine.

L'eſcroc payé, faiſoit ſes adieux à Robin;
Robin reſſuſcité le rejoignoit ſoudain:
On alloit faire ailleurs une nouvelle affaire,
Et l'eſcroc comme avant ſavoit ſe contrefaire.

Un Lievre mort et vivant tour à tour
Peut Vous paroître un très-grand phenoméne
Mais, cher lecteur, on voit de jour en jour
De nouveaux traits del 'induſtrie humaine.
De tous les animaux, les hommes, ſelon moi,
Sont les plus ſots, les moins diſciplinables,
Les plus cruels et les plus intraitables,
Puisque contre le meurtre, il fallût une Loi.

L'homme ſubjuge tout ſans ſe dompter lui-même;
Notre Lievre fera la preuve de mon thême,
L'indigence ſouvent naît de l'oiſiveté;
La pareſſe toujours mène à l'eſcroquerie.
Un tour un peu faillant n'eſt plus friponnerie,
Même ne rit-on pas de la méchanceté?

⁂

Station

Station I.

Les hommes dont le fang tient de la nature du lait, peuvent néanmoins être enclins à la colere, et la bouche d'un élu peut facilement prononcer des imprécations auxquelles le coeur n'a point de part. Je me propofois, Meffieurs et Dames, de Vous donner aujourd'hui une parade très critique, où l'on fatirife fort ingénuëment tous les vices: mais des gens fenfés m'ont confeillé de n'en rien faire, parcequ'ils prétendent que Vous Vous reconnoitriez à cette caricature. Je fuis au refte comme Pithagore, le conducteur le plus timoré dans la recherche des demonftrations à ce fujet. Comme lui je declare au Léon (*) de mon tems, que ne pouvant jamais parvenir à la connoiffance de la vérité, il convient de fe borner à l'amour de la fageffe. Un grand Roi nommé membre d'une célèbre académie du Nord, dit aux Philofophes qui le proclamerent leur affocié, qu'il leur étoit reconnoiffant des offres qu'ils lui faifoient * * * comme à un *Dilettante*: qualité majeftueufe dans Frédéric II. amateur de la fageffe. Pithagore interdit les juremens par les Dieux, juremens d'autant plus inutiles à la connoiffance de la vérité, que chacun pouvoit mériter par fa conduite d'être cru fur fa parole.

L'Empereur quitte fa capitale pour fe faire couronner à Francfort fur Meyn. Aix la chapelle, Francfort et Vienne, font les trois réfidences affectées à la perfonne du Monarque. Quelques voyageurs font dans l'idée que le meilleur gite dans une grande Ville, eft l'auberge la mieux nommée: je fus logé à l'Imperatrice de Ruffie, j'eus faim, et je demandai au laquais de la maifon, s'il étoit midi, et fi nous ferions bonne chere . . . chere excellente

(*) Prince des Phliafiens.

G

cellente fut fa reponfe, je Vous l'affure par le facré nom de l'Imperatrice: je rémontois à l'origine de ce ferment, et je me fouvins que Platon juroit par la tête de tous les Dieux paffés et préfens, les Payens *per genium Cae-farcum*, par le génie des Empereurs: et les Chrétiens qui fuivirent affir-merent, *per falutem Augufti*, par le bien être du Monarque: Tertullien finit par dire : Ne favez-Vous pas que les génies font des diables et qu'il eft plus décent de jurer par la fanté des Rois que par le génie de Diocletien. *Nefcitis genios dæmones dici, juramus ficut non per genium Caefarum, fed falutem eorum, quae eft auguftior omnibus geniis * * ** Tertullien Apol. cxxxiii.

Les quatre vers de Brantome fur les différens juremens de quelques Rois de France, ont fait dire à Grotius: *omne quod Regem cernit, balfama-tur à cive Gallo.*

Quand à *Paque Dieu* decéda * * * *	Louis XI.
Par le jour Dieu lui fucceda * * *	Charles VIII.
Le diable m'emporte s'en tint près	Louis XII.
Foi de Gentil-homme vint après *	François I.

Le juron d'Henri IV. étoit: Vive Dieu et ventre faint gris.

Les Turcs ne jurent que par la tête et par l'ame du Sultan, ce qui fe rapporte à génie, et à fanté; cette formule occafionna une difpute fingu-liere entre un Turc et un Ruffe, ce dernier foutenant le fabre tiré, le cas-que en tête, que c'étoit par le feul nom de l'Impératrice, qu'il falloit affir-mer, que le Roi des Turcs n'étoit point Empereur, mais Muftapha. Le droit du plus fort s'étend jufqu'au raifonnement, et la Logique du vain-queur s'empare des efprits, empiete fur *Ariflote*, fait oublier les regles,

dès

dès que la Loi de les transgreffer confond les mots et détruit le raifonnement. Darius ne favoit que repondre aux Herauts d'Alexandre, qui s'ef-
forçoient de le convaincre, qu'il ne devoit y avoir qu'un feul Roi fur
la terre.

Pourquoi les animaux privés de la parole, font-ils privés de plus, du
plaifir de jurer? Seroit-ce pour dédommager les hommes de mille proprietés des fens dont ils jouiffent moins parfaitement que ne font les bêtes?
Les Quacres obtinrent pour leur fecte le noble privilège de ne point jurer;
mes amis, leur dit le Chancellier d'Angleterre, Jupiter un jour ordonna
que tous les animaux de fomme fe fiffent ferrer : les ânes repréfenterent
que leur loi ne leur permettoit pas; eh bien dit Jupiter, on ne Vous fer-
rera pas, mais au premier faux pas que Vous ferez, Vous ferez roués
de coups.

> Poi che il vero e coffi amaro; vo
> Spittarlo de la bocca.

Or donc, *mios fenores Bocha eft echa per Comer o per ablar:* la bouche nous eft donnée pour manger ou pour parler, et comme perfonne ne
me donne à manger, vangeons-nous, déraifonnons. Je Vous avois promis
de réciter devant Vous une comédie dont je ferois à la fois le porte-voix
et le Stentor, la pièce et le théatre. Je m'appelle *Sergis*; je me refpecte
trop pour Vous arrêter par des fariboles; il y a au *Canal Grande*, (courrez
y voir,) une merveille presqu'incroyable, un Hareng qu'un pecheur vient
de prendre vivant, on peut encore le voir au bord de l'eau. (*L'auditoire s'es-
quive à toutes jambes . . . tous prennent le chemin de Rialto . . .*) Celle-là
eft bonne . . . qu'y verront-ils? un pauvre ouvrier que les imprimeurs
ont jetté à l'eau, puisqu'il faifoit peu d'ouvrage, et qu'ils appellent en

G 2

terme

terme d'art un Arreng (*). Mon manufcript eft en ordre, fi les Typo-
graphes le recufent, je les appellerai des Phénoménes de Riviere, des Ar-
rengs des imprimeurs, fouvent auffi abjets que les livres, qui fortis de leurs
mains, deviennent l'occafion des difputes et le moyen de fémer des erreurs.
Je cours fermer les yeux, repeter dans mes draps la parade quotidienne
de la mort; parler et ne jamais écouter, eft mon talent, j'en ai fait mon
métier, pour lequel je me perfuaderois même que je fuis né pour peu que
je fuffe tout à fait fourd. Un fot me dit d'entendre, j'y fubftitue le mot parler, et nous nous taifons tous deux.

✣

Station II.

Invitation.

J e fuis de ceux qui n'efperent de rien, mais qui fouhaitent néanmoins toujours.   Nous voici nombreufe et belle Compagnie, il eft jufte que j'en
faffe les honneurs; Vous étes trop polis pour confondre un homme comme
moi avec l'Eumolpe de Petrone.   Je ne chaffe point aux grais et je ne fuis
point un Poëte *à punte di faffate.*

Ecoutez mon hiftoire.   Je fuis ce *Sergis* dont parle l'aftronome Lom-
bard, Fontenelle et Garcilaffe; j'ai préferé la faim à l'infamie, je travaille
dans les heures où les aimables Seigneurs que voici, careffent Morphée; je
m'évertue à conftater géometriquement les juftes proportions entre le bien
moral et le mal phyfique : *Con quefta mia Golaccia architeftonica.*

Diffeg.

(*) Nom que les Imprimeurs donnent aux ouvriers qui ne travaillent guères.

Diſſegnero delicioſe machine
Jo ch' Archimede ſon de Àrte gnatonica
Faro Cader con Unta Mathematica
Della frugalita alta Gramatica.

Remarquez bien, auditeur reſpectable, cette *Unta Mathematica* . . . Toute machine en mouvement doit être graiſſée, mon Tourne-broche mû par un ſangle aride, crie miſéricorde. Il n'eſt pas étonnant que les grands gourmands ſoient ſouvent plus grands ignorans encore: à des poulies huilées rien ne s'attache. Mais ce qui convient de repeter avec Càllimaque, eſt d'entendre (*inter nos*) c'eſt qu'Acanthe repoſe dans le Tombeau que Vous voyez en ſuivant la ligne où mon doigt viſe, et qu'il eſt honteux de dire que les gens de bien meurent.

✲

Premiere Journée.

Le ſage ne fait point attention aux viciſſitudes de ſon Siècle; ſa demarche comme celle des Aſtres eſt le contre-ſens de celle du peuple, il lutte contre l'opinion de tous, il joue pour donner un prix à la vie, mais en beau joueur, et c'eſt en riant qu'il quitte la partie.

SERGIS ou *MOI.*
Un *Marquis.*
Sir *Earle.*
Une *Marquiſe.*
L'Enfant.
Bobo.
La Femme d'Earle. Tous cenſés interlocuteurs.

Sta-

Station I.
Un Cabinet.

Sergis ou *Moi.*

Notre veritable notre unique ami c'eſt nous‑mêmes.

Commencons ; l'habitude eſt la mere des beſoins ; nous n'ai‑
mons la vie, que parceque nous ſommes accoutumés de vi‑
vre. Je viens de revoir Earle au retour de ſes courſes entrepriſes pour le
bonheur des hommes, et quelquefois aux dépens du ſien. Une perſonne
inconnue m'apporte une tablette, que je me ſouviens avoir donnée à un ami
de mon âge, dont l'eſprit et le coeur étoient alors à l'uniſſon du mien, j'y
trouve mon nom.

(Paroit un gros *Payſan* qui interrompt *Le Raconteur*, vendant des
lunettes ſur une table voiſine.)

Le Payſan.

Combien la paire de Lunettes ?

Le Raconteur.

Vingt ſols. Prenez cette paire, je la crois pour vos yeux ; eſſayez ce
livre.

P.

Je ne diſtingue pas une ſeule lettre.

R.

Eh bien ce livre en gros caraɛteres : et ces lunettes qui groſſiſſent extrè‑
mement les objets.

P.

Je ne vois que du noir et du blanc.

R.

R.

(Ecrit fur une ardoife avec de la eraye des caraêteres de la groffeur
d'un écu :)

Et cela?

P.

C'eft du blanc et du noir.

R.

Je gage ma tête que le manant n'a jamais été à l'école.

P.

Eh mais! Vous me la baillez belle; croyez-Vous fi je favois lire, que
j'acheterois de Vos Lunettes ? je fais très-bien fans cela diftinguer un grain
de millet d'un grain de moutarde.

Maudit foit-le penchant qui m'entraine à fortir des voïes. Pardon,
mes chers Compatriotes! (dé l'autre monde s'entend) car dans celui-ci avec
un nez, des oreilles et des yeux exaêtement comme les votres et les miens,
nous ne nous oroyons pas moins différents les uns des autres . . . Chaque
pays fur le Globe, eft pour ainfi dire une Planéte à part pour celui qui l'ha-
bite, nous ne devenons lès mêmes qu' après la mort. Or Meffieurs, ma
mémoire me ramène *ad priora :* ne difois-je pas que l'on m'apporta une tablette? Je preffois le porteur de me dire qui lui avoit confié ce depot; je ne
pus en favoir autre chofe, finon qu'un étranger arrivé la veielle, l'en avoit
chargé pour moi : cet homme me quitte, je le fuis, j'arrive dans la chambre de l'anonyme (eh, connût-on jamais ceux qu'on aime!) mon coeur ne
fut plus qu'à lui; je le vis défait, et fes bras affoiblis fe refuferent aux efforts
de la tendreffe.

✳

Sta-

Station II.

LES NOMS.

Sergis et Earle.

Earle, m'écrois-je, mon cher Earle, nous nous revoyons donc encore.

Earle.

Soit, je ferai Earle pour Vous à la bonne heure, mais j'ai des raifons pour ne pas être appellé de ce nom ici; j'ai eté à Pekin fans me
donner de nom du tout, et comme la Police me preffa de me nommer,
je m'excufai fur ce que je ne favois pas comment je m'appellois moi
même. On me nomme à Venife, *de la main vers de le menton;* à Ham-
bourg, *Mein Heer,* à Rome *Monfignor;* à Vienne, *Pft;* on fifle „pour
„m'avoir à Naples, on me lorgne à Paris, et j'acofte volontiers à ce figne,
„ceux qui me contemplent: que mon nom ne Vous embaraffe pas Mrf. les
„Mandarins; tant que je demeurerai avec Vous, je me conduirai comme
„fi j'en avois un très illuftre: que je m'appelle *Pois* ou *Fève, Pifon* ou *Ci-*
ceron, mon nom doit Vous être indifferent. Je recevois même à Venife
des Lettres fur l'enveloppe desquelles il n'y avoit que le fimple mot Venife,
le refte étoit en blanc; et mon fécrétaire demandoit fimplement à la Pofte,
les Lettres qui n'étoient à perfonne.

Sergis.

Il y aura des cas où on Vous demandera Votre fignature.

Earle.

L'embarras, dit Sancho Pança, n'eft que pour les procès, et pour les
Rues; tant de gens ne favent pas figner leur nom, que l'on me difpenfera
de figner en difant que je n'en ai point. Nous avons d'ailleurs fi peu de
cer-

certitude fur rien des feules conjectures fur le vrai nom de la Ville de Rome, fur fon vrai fondateur, fur les preftiges des Payens, et plus d'illufions encore pour le refte des faits fur la terre, et tu veux que mon nom puiffe éclorre comme une étoile célefte. Les pluies de fang, de pierre, les voix entendues en l'air fe rapportent aux effets connus: les taches d'encre, les Zigzacs, qu'en différens traits fillonne la plume, les effais de Franklin fur les phenomènes de l'atmofphère, décideront-elles de plus, fur l'identité d'un homme, que ne feroit fa propre exiftence.

Pline, Reaumur, Buffon, Linné, Comus et Philadelphia favent figner leur nom, ce n'eft néanmoins que des efcamoteurs au grand théatre de la nature, et le livre d'*Obféquens* commenté avec foin, pourroit devenir le Code de ces Meffieurs, fi l'imagination pouvoit s'inftruire. Un fait n'eft incroyable que parcequ'on y voit de l'incompatibilité dans les circonftances, ou de l'impoffibilité dans l'exécution. ✳Or en s'expliquant, tout fe concilie, tout s'arrange, tout fe rapproche. La vérité 👉 eft une et feule ; s'il y a du trop, ce font nos ufages. Il eft plus aifé dit Herodote d'en impofer à la multitude, qu'à un feul: le Hardouin du pays latin Jaques Gronovius publia

(*) Un Gafcon chez un Cardinal
    Exaltoit fa Garonne avec perféverance,
    C'étoit non feulement un fleuve d'importance
    C'étoit un fleuve fans égal.
    A ce compte, Monfieur, lui dit le Cardinal,
    Le Tibre près de lui ne feroit qu'un Ruiffeau,
    Le Tibre, Monfeigneur, s'en dit belle merveille!
    S'il ofoit fe montrer au pied de mon Chateau,
    Je le ferois mettre en Bouteille.

publia en 1604. une differtation dans laquelle il figna de fon nom, que l'origine de Romulus, fa naiffance, fon éducation et le rapt des Sabines, fa
mort, n'étoient qu'un pûr Roman inventé par Diocles. Rouffeau trouve
malgré cela fans paraphe ni controle, que Romulus devoit s'attacher à la
Louve qui l'avoit alaité, comme tout enfant s'attache à fa nourrice par
inftinct.

Martial en faifant allufion à la pauvreté du premier fiècle de Rome,
écrivit qne Romulus fe nourriffoit de raves au cie!; *Rappas in coelo Romulus
effe folet.* Je fignerai fi tu veux, que même après fa mort, l'homme fe re-
pait de chimères, cherchant jusques dans l'avenir des objets à fa folie.

Earle.

Dinons, nous jaférons après.

S t a t i o n III.

Diner d'Earle.

(Un feul met dépofé fur une table couverte d'une Carte fur toile qui repréfen-
toit l'Angleterre; une bouteille de réfine élaftique remplie de vin grec, donnoient
à cet appareil, l'air d'un fervice, qui en lui-même n'en étoit que le fimulacre. La
vérité dans la propagation d'un bien n'eft point ce qui eft, mais ce qui devroit être.

Je

On a foutenu, et l'on le repete encore, que la vérité fe trouve dans le vin: il
étoit facile de prouver le contraire).

S t a t i o n IV.

Pots Foffiles. Struenfée. Griffon.

Que je Vous entrétienne de Pots à mon tour, de Pots foffiles déterrés
à Hegemathia de Ptolomée, ville bâtie par les Lygiens, ville fameufe
par

par les erreurs de Schwenkfeld, autant que par la remémoration du nom
de Struenſée, illuſtre à Ligniz, terni en Dannemarc.   Je crois m'être ap-
perçu que ſans le voyage du Roi trop longtems abſent de ſon Royaume, les
occaſions que l'on trama à Coppenhague euſſent faillies: anciennement, dit
un habile Miniſtre Danois, on ne permettoit pas que nos Rois voyageaſſent
pour qu'ils ne viſſent point ce qui ſe paſſa ailleurs, on fait aujourd'hui voyager le notre, pour qu'il ignore ce qui ſe paſſe chez lui.   Mr. de *Wraxhal*
dans ſes (Courſory Remarks) aux Pays ſeptentrionaux, Coppenhague, Stok-
holm &c. Londres chez Cadel, 1775. dit en paſſant, "qu'en rémontant au
„nom de Struenſée, c'étoit le Miniſtre et non pas l'homme qui étoit de-
„venu ſuſpecte: comme homme d'état, je le mets au rang des Clarendons,
„et des Morus, que la Tyrannie ou la baſſeſſe du Gouvernement ou le dé-
„faut de vertu, ont conduits à une fin ignominieuſe et précipitée; mais
„dont le jugement impartial de la poſtérité a hautement rehabilité la mé-
„moire.   Je ne pretends ni excuſer, ni condemner Mſr. Wraxhal * * *
Periculoſum eſt credere, et non credere, dit Phédre (*).

Ligniz au reſte, n'a rien qui puiſſe intéreſſer l'Hiſtoire naturelle du
Païs, ſi ce n'eſt les Pots Foſſiles dont je viens de parler: ils croiſſent ainſi
ſur des Colines, mous d'abord comme l'argile, expoſés à l'air ils durciſſent.

H 2

Les

(*) Si la Reine Mathilde à Coppenhague, dit le Comte Heſſenſtein dans un
    diſcours au Roi de Suede, avoit autoriſé la liberté de la preſſe, ſi elle s'en fut
    ſervie pour fonder la diſpoſition des eſprits, ſi elle eut fait attention aux abus
    que les papiers publics lui reprochoient, en remédiant à ceux qui étoient fon-
    dés, et en ſe ſervant de la voïe de l'impreſſion, pour convaincre la Patrie de
    la fauſſeté des autres; ſi elle eût pris ſes meſures, lorsque les cris publics l'en
    avertiſſoient, elle ſeroit encore à Coppenhague, et toutes les ſcènes attenta-
    toires à l'honneur des gens en place n'auroient pas eu lieu.

Les habitans font d'opinion que ces vafes font autant d'urnes fépul-
chrales tournafinées à la hate par des pauvres potiers du lieu : le haut du
vafe en eft étroit, quelques uns font à une, à deux, à trois anfes, presque
tous de terre grife avec ou fans couvercle. En remontant au merveilleux de
cette fouille argilleufe, on fe rappelle avec plaifir le vers de Virgile : *Vidi
faɛtas ex aequore terras*, que Voltaire a fi heureufement paraphrafé en difant : *Le limon qui nous porte, eft né au fein des eaux.* Cela n'eft pas impro-
bàble, mais les pots font certainement de main d'homme : quelques recherches que fafle un naturalifte, il en revient toujours à fon pot au feu.

* * *

La chimère de l'oifeau, connu fous le nom de Griffon, reffemble
d'abord à elle-même, et puis à l'aigle ; c'eft une des fingularités réalifée en
Siléfie ; on en fait le gardien des Tréfors du mont des Géans.

> Phoebus adeft et fraenis *grypha* jugalem
> Riphaeo repetens tripodus detorfit ab axe.
>
> *Claudien.*

Cet animal faɛtice entre dans plufieurs armoiries, il y eft ordinaire-
ment rampant, dit Mr. de Jaucourt * * * on le trouve bien ou mal expri-
mé fur les Terres polaires marquées d'un cachet, auxquelles on attribuoit
au commencement de grandes vertus fous le nom de *Terra figillata : Terram habent* dit un Poëte.

> Jaɛtetque fua Vulcania Lemnos
> Montano melior terra reperta meo eft.

A la fuite de tant de citations qui étourdiroient un antiquaire ... je
me cite auffi, Meffieurs ... mais comme le plus tendre de vos amis après le
leurre.

leurre. Je fourvoye comme Vous voyez, c'est mon métier, je fais plus
d'un coup d'une seule pierre, et si je ne suis point Renard par le poil, je le
parois par mes defaites. Allons Mr. Earle reprenez Votre faconde.

✱

Station V.

Frugalité, Vertu d'habitude.

Earle.

Et Vous M. Sergis apprenez à vivre *aere alieno*, je m'habitue à me prêter
aux infinuations que le hazard me fuggère; la fituation du moment décide de mes preffans befoins.

> *Jo mi pafco d'omei, e di mie crude
> Brame fi nutrifce la fame.*

J'étois affez malheureux, il y a deux ans, de ne pas trouver un feul
être indéfini pour Platon même, qui me tira de la faim et de la pauvreté,
qui ne vont jamais l'une fans l'autre ; la nature recompenfa le culte, que
je rendis à la nature: fans elle, fi avec des forces majeures un Caraïbe eut
mis fa vie de pair avec la mienne, j'eusfe été Antropophage: le tempera-
ment, l'habitude et l'indigence conduifent neceffairement aux extrêmes.
Accutumé à méfurer la vie à mes feuls befoins, j'ai cueilli de ma main le
frugal diné qu' Vous voyez fur ma table, goutez, il vaut bien vos ragouts
qu'un cuifinier antiphilanthrope ramaffe du fond d'un bourbier, ou dans le
coin d'un caveau. Schvedenborg a vu, que les immortelles, les germand-
drées, les anémones, les rofes, faifoient la nourriture des Anges, affis à
la table des Dieux comme lui. Elévons notre efprit et n'ayons de terrestre,

que

que notre frèle exiſtence: je vis de l'air au reſte, c'eſt le *menſtruum* général qui contient les parties volatiles de tous les êtres, j'y trouve l'eſſence de l'ortolan, du Faiſan, de la Perdrix etc.

Avouez que c'eſt faire chere de Roi, l'air qui me nourrit de la nature de l'ananas a tous les gouts: diſpenſé de faire comme Diogene, qui ne connoiſſant point l'uſage du feu, avala un petit poiſſon cru, je me repais de glands pour ſurcroi de friandiſe: ils ont fait la nourriture de nos peres, et je trouve une ſorte de reconnoiſſance à modérer mon appétit ſur le leur. Les Romains, dit Valere Maxime, en faiſoient de la bouillie, qu'ils préferoient au pain. Enfans d'un même pere, ſuſceptibles d'une même nourriture, tous les hommes pour ſûr euſſent reſtés frères en conſervant l'époque de la bouillie dans leurs cuiſines.

Sergis.

Continuez, mon cher! Le Corbeau, qui a bien faim s'il plonge ſur une charogne, il ne s'informe pas ſi c'eſt l'ane du Prophète ou le chameau de l'Antechriſt qu'il dechire *v. Herbelot. Bibl. Oriental.* La faim et la neceſſité ſont gémelles; l'homme de bon ſens épouſe les deux ſoeurs, toujours amies et jamais infidelles, c'eſt le ſeul mariage obſervé à la lettre, le moindre faux pas y entraine la mort.

Sergis, de côté.

Il y a une conduite à garder avec des eſprits bleſſés par le malheur, conſervons notre ſang froid! et que ma ſenſibitité pour mon pauvre et courageux ami, n'éclate point dans mes yeux: il mange de bon appetit, et je preſſe volontiers ſa main en lui diſant toutefois, *proficiat* de tout mon coeur.

✠

Sta-

Station VI.

Ancile, Palladium, Abaris.

Earle.

Cerès cenſée la Déeſſe des repas, adorée à la maniere des Grecs, ne manqua point d'inſtituteurs et de Prêtres; on en fit venir un de *Velia* avant que ce Village n'eut été connu ſous le nom de Ville (Seroit il queſtion ici de la Ville de Rome?) Le Bouclier trouvé, connu ſous le nom d'Ancile, s'abaiſſa du Ciel peu après la fondation de cette Ville d'Europe. Numa en fit part au peuple étonné, et ce préſent des Dieux, digne de l'adoration des humains, devoit être une annonce frappante pour des eſprits auſſi inertes que dociles, ou bien auſſi jaloux de gloire que faciles à émerveiller. Les Dieux firent-ils jamais un don plus précieux aux hommes? Chaque mortel parmi nous a ſon ancile en propre; heureux celui qui à l'égal de Numa, l'emploie à illuſtrer ſon exiſtence. Le Bouclier tombé des nuës faiſoit croire à quelques uns qu'Abaris avoit fabriqué le Palladium et cet Ancile d'oſſemens humains. Suppoſition moins recherchée que celle par laquelle on attribue à ce Scythe preſtigiateur d'avoir prédit des tremblemens de Terre, chaſſé la peſte, et traverſé les airs ſur une flèche.

C'eſt à peu près, Meſſieurs, ce que Vous dit Votre cuiſinier, en Vous préſentant ſes gelées, ſes conſommés, ſes Oilles. C'eſt l'Abaris de Votre hôtel dont le ▬▬-broche eſt la flèche.

�֍

Station VII.

Nécessité de se nourrir. Gotter, Auspices, Aruspices.

Earle.

(Saupoudre, une Bête rave pour son dessert).

Vous me voyez séduit par les anciens caprices, et ma pauvre tête se refuse presque toujours à la synthese d'un bon raisonnement. La régle que la nature a mise en nous de manger et de boire au moins dans les 24. heures, n'est point aussi universselle qu'elle paroit d'abord; de même que les *Asites*, appris à se roidir contre la faim, je réussis à être très longtems sans manger.

Le Dalai Lama Idole et Pontif Tartare du Thibet, ne reçoit pour sa subsistence qu'une once de farine detrempée dans du vinaigre et une tasse de thé; c'est de cette pitance, que cette Déité mondaine est accutumée de se contenter. Je suis, mon cher Sergis, le Dalai Lama de ce *Moi*, que Vous appellez Votre ami; je tache d'accompagner toutes mes actions d'un certain faux raisonnement qui tourne à mon bien, je me nourris d'idées, et je contrains mes besoins par la sobrieté qui les maitrise tous : il est essentiel que je n'agisse pas comme le reste du monde. Je ne connois d'autre sentiment que le mien, je me perdrois, si je ne suivois la route que j'ai entreprise, et que je ne conseille à aucun homme d'enfiler sans moi : je ne pallie point mes défauts, je ne sais si j'ai des vices, je ne connois pas le crime.

Sergis.

Je ne Vous accuserai point de faire excès d'appetit, mon cher Earle, mais je ne voudrois point que Vous réglassiez le mien.   Le plus fameux glouton de nos jours, qu'un Roi Poëte à chanté, le Comte de Gotter, dit
fort

fort fouvent, que s'il avoit eu à choifir un emploi chez les Romains, c'eut été celui d'Aufpice, chargé de flairer les entrailles des poulets faints, dreffant fes divinations fur l'appétit des convives. Nos cuifiniers d'aujourd'hui, nos Pontifs font presque toujours amis de nos médecins, ils fourniffent à Efculape mille victimes, qui fans eux échapperoient à ce Dieu, au même degré deftructeur et fécourable. Si j'avois un tableau à faire, je placerois Antoine dans un lit dictant fon teftament, léguant une Ville à Apicius, qui lui préfenteroit un mets couvert dans le crâne d'un mort, et je vendrois mon tableau à Gotter.

Le jardin du fameux Comte, fitué entre Didendorff et Erfurth, retrace encore au voyageur l'intéreffante demeure de l'Apicius du Brandenbourg. A chaque pas que j'y faifois, je me rappellois les Vers, que le Salomon du Nord fit à l'honneur du Comte.

> Tandis que le feftin, le Luxe et la pareffe,
> De Vos féns émouffés féduifent la molleffe,
> Qu'il en coute aux humains pour contenter Vos gouts.

Le Roi l'avoit peint comme un glouton extraordinaire dans fon Epitre . . . Il me dit un jour qu'il trouvoit autant de varieté dans les mets exquis, que Buffon en mettoit dans la connoiffance de la nature entiere: j'ai encore dix tables à donner avant Paques, j'attends Maillard d'un jour à l'autre, et je pars la Semaine Sainte pour ma Terre, où le Roi a raifon de me traiter d'homme inutile. Je me corrigerai fur l'exemple, je ne fuis point riche, il n'appartient qu'aux Rois d'avoir des Académies, je fonderai chez moi une école à petits pâtés; quelques jeunes bourgeoifes du lieu, deux ou trois filles de Prêtres, y enfeigneront à faire avec art la pâte caffante, la feuilletée etc.

I   *Hos*

Has ego mecum
Compreffis agitabo labris.

Quelques minutes avant d'expirer, le Comte prit les paroles du Miniftre qui l'exhorta à la mort, pour une invitation de table. Bien de l'honneur, Monfieur, repondit le Comte, bien de l'honneur, je m'y rendrai fans
faute. Tant il eft vrai que chacun meurt dans l'efpérance de trouver les mêmes habitudes dans l'autre monde après fa mort. La Mettrie avoit projetté
avant la fienne, d'écrire la vie de cet Apicius du Brandenbourg.

Nepotum omnium altiffimus gurges.

Plin.

Souvenez-Vous que Charlemagne avoit formé dans fon Palais une efpèce d'Academie de nomenclature, où chaque membre avoit un nom particulier. L'Empereur avoit pris celui de David, le fameux Alcuin s'appelloit
Albinus, un jeune homme nommé Ilgebert, dit l'auteur de la vie de Charlemagne, avoit choifi modeftement celui d'Homere. La déeffe Adephagie,
divinité qui préfidoit à la gourmandife, et dont la Statue fe trouvoit placée
dans le Temple de Cerès, auroit eu dans nos tems un culte particulier dans
la maifon du Comte. *Churchus* devinité des anciens habitans de Pruffe qui
préfidoit à leurs repas, avoit fon feu perpetuel, fon autel et fa Statue à
Didendorf, que les gens du Comte encenfoient et brifoient tour à tour.
Chaque domeftique porta le nom de la chofe qui lui étoit confiée. J'ai Meffieurs Perruques, Mrs Rosbiffs, Mrs Plats, et Mrs Pots, j'ai des Chevaux
et des Dindons à mon fervice. Chez moi dit Mr. de Gotter, on boit le nectar de bons Vins; on eût pu lui repondre par les propres paroles de Lucien : il faut bien que l'ambroifie et le nectar ne fuffent pas fi excellens que
les Poëtes le difent, puisque les Dieux defcendoient du Ciel, pour venir fur
les autels fucer le fang et les graiffes des victimes comme font les mouches
fur un Cadavre.

Station

✢

Station VIII.

Sacrifices humains. Augures. Sorts. Marcellus.

De tous les banquets, le plus effrayant et le plus terrible, fut celui où s'immoloient des victimes humaines: devroit-on croire qu'un usage aussi revoltant, pût avoir existé jamais en Egypte, en Grèce, en Israël, à Rome? Rien de plus avéré cependant; peu de peuples sont exempts de cette accusation diffamante qui, perpétuée, rendroit l'homme la plus vile des créatures.

Croiroit-on, dit Iphygenie, que la Divinité se plût réellement à voir verser le sang des hommes, supplice auquel tout malfaiteur, tout assassin échappe effrontement en se refugiant sur le seuil d'un temple, duquel on ne rougit pas d'arracher l'innocent que le hazard y amène et qu'on immole au hazard. Il eut été mieux selon Plutarque, que certains peuples n'eussent eu aucune idée de la Divinité, que d'avoir imaginé des Dieux sanguinaires, qui se plaisoient au tourment des hommes.

On peut regarder les Etruriens comme les plus grands promoteurs d'abus et de la crédulité des peuples, c'est eux qui fonderent les auspices: Caton ne concevoit pas comment deux de ces augures pouvoient se regarder sans rire.

L'art des augures a été transmis à l'Etrurie par les Chaldéens et les Grecs, d'où les Romains en adopterent la pratique: les augures étrusques étoient pour ainsi dire les Philosophes de ces peuples, si ce beau nom d'amateurs de la sagesse peut se donner à des hommes qui abusoient de la vérité au deshonneur de la raison.

De-

Dejotarus fauteur des augures, victime de ses propres sacrifices, habile dans sa maniere d'interprêter et d'entendre en prédisant la chute du mur qui devoit l'écraser, ne fit pas plus que cet architecte connu en Hollande, qui dit au Prince d'Orange, de ne point entrer dans une maison, qui écrouleroit en un tems marqué. Le Tour de la pierre que Tarquin trancha avec un rasoir devant l'augure Aëtius, se repéte aujourd'hui à toutes nos foires. En matiere de sorts, Comus, Pelletier et d'autres escamoteurs de nos tems, sont nos pontifs, si ce n'est que l'amusement seul est aujourd'hui le but de leurs prestiges: les prêtres mêmes ne manient plus le dez, que pour se mêler à nos jeux; il est plus d'un singe à nos foires, qui dans le temple de nos plaisirs, renverse l'urne et les sorts devant le Roi de Molosses dans quelque Dodone moderne. Le vers de Virgile: *Tu Marcellus eris*, favorable à Antoine, n'est plus le lot d'un sort, il est celui des grands talens.

✢

Seconde Journée.

STATION I.

Les événemens quelque peu qu'ils paroissent liés les uns aux autres, sont dans l'histoire de nos réves, un tout assez suivi, qui ne rompt point cette unité d'action nécessaire à l'interêt, detaché de toute épisode. Vivre c'est réver; si Vous croyez, Messieurs, que mon histoire ne soit qu'un conte, faites mieux, et je conviendrai avec Vous que c'est une vision.

Promenade.   Pietra incarnata.

(Arrive une procession, qui interrompt l'attention des curieux: toute l'assemblée, moitié récueillie, moitié béante, attend que la pieuse trouppe eut passée; le discoureur reprend son discours et commence par une digression.)

   ✸   ✸   ✸

Souve-

Souvenez-Vous, Messieurs, dit-il, que j'en suis resté à Robert dont Earle m'avoit demandé des nouvelles: je Vous en parlerois tout à l'heure, si un point pas moins important ne m'obligeoit de Vous entretenir d'une sainte promenade. C'est la Venise tant renommée par son carneval et par ses devotions: Mr. de Brumoy, friand des cérémonies sacrées, y trouveroit ses delices. . . . J. Jaques veut que l'homme soit né pour marcher des pieds et des mains: l'institut des processions prouve le contraire. Deux hommes qui débout, n'occupent qu'une espace de deux pieds cubes, en embrasseroient huit ou neuf, pour peu que l'opinion de Rousseau prévalût, et qu'il prit tout à copp fantaisie à un peuple de marcher sur les mains ventre à terre.

* * *

Il y a eu dans l'antiquité, des hommes amoureux de leurs Statues, pourquoi n'y en auroit-il pas de notre tems, qui pleurassent à l'aspect de quelques unes des notres.

Je ne pus devancer une procession, qui m'avoit barré la route: cent hommes armés accompagnerent vingt-cinq Prêtres; contre-sens d'autant plus hors de place, que l'état de Pontif ne devroit avoir pour égide, que la sainteté de son état même et ne paroître que sous l'appareil de la paix. Je descendis de ma voiture et j'assistai à un combat de jeunes athlètes armés, cuirassés, une massue de carton à la main, et tout cela à l'honneur de St. Hedewige. A quoi bon ces casaques de fer contre des sabres d'étoupe demandois-je? Un jeune Athlète prit la parole: Monsieur, me dit-il; je suppose que Vous lisez quelquefois, souvenez-Vous qu'à la fameuse Bataille de Bovines, les Allemands y laisserent 3000. hommes sur la place, pendant que Philippe Auguste ne perdit qu'un seul Chevalier en cuirasse —

I 3   *Adde*

Adde unum populus, et tolle unum turba eſt.

St. *Auguſtin.*

Un autre Tableau mouvant, c'eſt l'effigie Patagone de Charlemagne, portée par 40. Goujats et promenée par les rues d'Aix-la-Chapelle à une de ſes proceſſions.

La figure s'agite, ſalue les Speſtateurs aux fenêtres, éternue pour en- gager les aſſiſtans à crier: Dieu Vous beniſſe.

Les Bourgeois mêmes baiſent la main du Coloſſe, des pauvres profa- nes comme moi, n'y font qu'une grimace. Rentré à l'hôtel, mon hôte me demanda ſi j'avois eu l'honneur d'approcher du Coloſſe auguſte: helas oui! mais malheureuſement ces honneurs ne changent point Vos moeurs, lui re- pondis-je.

*   *   *

Je ſuis ſurpris de ne trouver dans aucun Livre d'hiſtoire naturelle, ni le nom, ni la deſcription de la pierre de chaire, *Pietra incarnata* ſi commune en Eſpagne. Le Prince Evêque d'Augsbourg, Landgrave de Heſſe, avoit un Crucifix de cette pierre ſupérieurement travaillée, elle imite la chaire à s'y tromper. Un autre Crucifix pareil ſe voit à Veniſe à une des Confreries du Vendredi Saint; ce Chriſt y paroit laceré, ſtigmatiſé ſans que l'Artiſte ait employé d'autre uſtencile que le maillet, cette pierre colorant pour ainſi dire elle-même ſon travail. A une de ces proceſſions où ſe portoit cette Croix, un obſervateur Phyſicien me la fit remarquer de près. Un Turc qui ſe trouva à côté de moi ne differta point, il pleura par le même motif peut- être que le récit d'un aſte de généroſité attire des larmes, qu'une aſtion atroce cauſe des fremiſſemens, qu'une odeur desagréable affeſte l'odorat. Surpris de la raiſon de cette attrition inattendue, je fus le premier à m'en

apper-

appercevoir. Pourquoi pleurez-Vous ? lui demandois-je, pendant que Vous nous voyez difputer et rire : Helas! repondit le Turc, je réfléchis fur l'atrocité des hommes affez barbares, pour maltraiter un malheureux au point où l'homme crucifié que voici, fe préfente à mes yeux. Je m'attendris à ce Spectacle, il faut être cruel felon moi de ne pas concevoir que l'on ne corrige point les hommes par la mort, qui fans tous les tourmens, ne défole que trop l'efpèce humaine. Quelle leçon, cet infidele ne donna-t-il point aux Chrétiens; nous ne vimes malheureufement qu'un bloc dans cette image, le Turc y reconnut l'horreur du fupplice, et ne s'arrêta qu'à l'homme.

✢

Station II.

Tête de Robert.

Earle.

Conte-moi tes avantures, parle-moi de Robert.

Sergis.

Robert eft auffi fingulier que toujours; le chef enfanglanté, trouvé en creufant les fondemens d'un Temple de Jupiter et qui préfageoit à Rome l'Empire du monde, n'auroit été qu'une tête ordinaire en Angleterre, où l'on coupe la queuë aux chevaux et la tête aux Rois. La tête de carton que les Egyptiens facrifioient tous les ans et que Lucien dit avoir vue, eft l'emblême des Rois de théatre: la tête Romaine avoit appartenue à un certain Tolus, d'où l'on a fait Tola et par analogie au Chef, Capitole. C'eft ainfi, que Thunis bâti fur les ruines de Carthage, nommée Carthage par les

Reftau-

Reftaurateurs de cette Ville célèbre, ne fût point reconnue par ceux, qui avoient vu la Ville ancienne. Tous dirent: *tu non es Carthago*, d'où *tu non es Tunis* et de nos tems *Tunis Tunifi*. La tête de Robert, peut être fans cervelle, elle n'eft pas moins douée d'une effence plus divine, qui rend ce Robert le plus fenfible des mortels; le cerveau penfe, mais le fentiment vient de je ne fais d'où:

Sic rerum forma novatur.

Chez un peuple auffi crédule que celui de Rome, les rufes des prêtres, devenoient dès loix irréfragables pour la cohuë: on pouvoit alors fe brouiller impunément avec les Dieux, dit Fontenelle, une géniffe et de l'encens racommodoient tout. Il n'en eft pas de même en phyfique où le plus fûr en fait de merveilleux, c'eft de s'arrêter à la circonftance, qui approche le moins de l'illufion, et je ne crois pas me tromper en donnant à l'état de Robert, à l'inftabilité de fon fort actuel, les mêmes rélations qu'aux fréquentes frayeurs du peuple Romain, pour ainfi dire dans fon enfance alors. Robert à l'inftar de Rémus et de Soranus ne tint à la tenuité des loix, que par un très-mince cheveu de fa vigoureufe tête.

Dans un commentaire fur l'ouvrage de Bernini, *Della rota Romana*, fe trouve le deffein d'une médaille où l'on voyoit plufieurs Sénateurs en robe d'Hermine affis autour d'un gros navire; un aigle au haut du mat tenoit un cordon dans fon bec aboutiffant à douze fils tenants à autant de chapeaux. Toutes les fois, dit le Commentateur, que les Pairs du Royaume prononçoient un nom refpecté, l'aigle étoit cenfé s'abaiffer, et tous les affiftans fe trouvoient fans chapeaux.

Gaudent tibi vertice rafo
Garrulo fecuri narrare pericula nautae.

Sur

Sur l'exergue fe trouvoient écrits les mots de Tarquin:

> *Patres minorum gentium.*

Au révers de la médaille, l'aigle parût s'élever et les chapeaux baifferent; mais malheureufement, il ne s'y trouva plus de têtes: au bas s'y voyoient les paroles:

> *Patres majorum gentium*
> *Vox una duodecim fecavit Caefaris.*

Cette médaille ramène à bien des origines (*).

* * *

J'avois prêté au même Robert, un livre, je ne fais s'il l'a lu; mais le bourreau l'a mangé. Cette expreffion ne doit point être prife à la lettre; c'eft ainfi que les mots, *auteur partagé en trois,* auroient occupé la crédule antiquité, s'il s'étoit trouvé quelqu'un qui eût écrit, qu'on a fait trois morceaux de Ciceron en partageant fes oeuvres en autant de parties arbitraires; d'autres l'euffent repeté après nous, et nous citerions nous-mêmes cette merveille comme rapportée par *Palephate*, par *Obféquens* ou par quelqu'autre rêveur ancien.

*

Station III.

Préfomption. Sarcafmes. Enlévement. Combat.

Parmenide dit tout haut de fon tems, que tel homme qui fe targue de fa fcience, eft un impertinent, que tel autre, qui s'approprie le favoir de quel-

(*) Du tems de Céfar, d'Augufte et de Claude, dit Mr. Diderot, dans fes notes fur Tacite, il reftoit peu de ces familles, que Romulus avoit appellées, *Majorum gentium* et Lucius Brutus, *Minorum.*

K

quelqu'un, eſt un arrogant. Cette ſémonce ne pourroit être repetée dans notre ſiècle, il n'y auroit aucune ſureté pour perſonne, ſi même on entre-prenoit de convaincre certains hommes, que la ſcience eſt au deſſus de leur portée, ou qu'ils ſont eux-mêmes peres dénaturés de leurs ouvrages: dans l'un ou l'autre cas, ils s'emporteroient également toujours. Trois mois après, Robert enleva ma maîtreſſe: irrité par la vengeance, avec des armes ſupérieures aux ſiennes, la montre à la main, je l'attendis dans un carrefour; il ne dependoit que de moi, d'y faire ſonner la derniere heure du perfide; elle ſonna la derniere de ſon inimitié envers moi.

S'il te faut du ſang, s'écria cet ange rendu à l'amitié, ne t'arrête point à ſa couleur, l'innocence qui fait blanchir la roſe, lui donnera la blancheur d'une larme. Nous rentrâmes, et pour nous retracer la journée de ſang, que nous venions de paſſer enſemble, nous en dreſſâmes le ſimulacre, ſans recourir aux proportions établies par Vitruve: nous nous abandonnâmes à tout ce que le coeur a de plus ſolide et l'amitié de plus conſtant.

Connoiſſez-moi, paſſez la main ſur cette carte, qui nous ſert de nap-pe, et de l'autre main touchez mon coeur, partagez avec moi les élancé-mens qu'y excite l'amitié: changez de carte, déployez celle de ce païs terrible, où des crédules prégugés troublent la vie du Citoyen, et mon pouls ne frappe plus. Rappellez-Vous un moment après, un nom qui me fût cher, et convenez cette fois-ci encore que mon coeur bat avec force quand Vous prononcez le nom de ma Thereſe.

L'homme ne ſera jamais conſolé ſur rien, s'il n'applique à l'ame les mêmes rélations qu'il prête au corps, s'il ne change d'idées comme de poſ-ſeſſions, s'il ne céde au tems qui efface l'exiſtence même.

Earle.

Earle.

Et puis Vous Vous feparâtes; rapellez-Vous, que fous T. Aebutius, A. Pofthumius deux beaux jeunes combattans parurent dans la mêlée près du Lac Regillien; on les crût Caftor et Pollux, ce ne pouvoit être que des Dieux, car ils difparûrent: des hommes euffent attendu le prix de la victoire.

✳

Troifième Journée.

STATION I.

Sergis.

Je m'abime à parler, et fans offenfer ces Demoifelles et ces Meffieurs, on me recompenfe affez mal. Courage Sergis: *Todo ho che fe Haz es per mi bien.*

Les Peurs. Hiftoire de l'Anabaptifte.

Je puis me vanter d'avoir affez de vertu pour imputer à l'envie les médifances, qui m'ont perfécuté, dit Théophile, et l'homme d'efprit fe confole affez de tout; temoin ce jeune Corfe, qui alloit à Rome pour fe faire Prêtre . . . Il rencontra fur fa route une connoiffance qui le quefti- onna fur fes affaires. . . . Je vais, dit-il à Rome pour y prendre les ordres, j'efpere qu'on me les conférera par charité. . . . Je ne te croyois pas fi re- figné; fi tu échouois, et que par charité on te renvoya aux Calendes Grec- ques: *Senti* (fut la reponfe de l'élu) *fe paffo paffo, fe non paffo torno à Baftia fpofa la margeritha, mi faccio fartore, e ho in culote e Monfignore.*

On ne fe confole pas auffi aifément de la peur; elle eût une chapelle à Sparthe, elle en a ailleurs. Je fis la connoiffance d'un Negromant qui

K 2

me

me donna des leçons de confolation, applicables à lui même. Voyez le portrait de Gay à la tête de fes fables, c'eft mon inconnu il s'apperçût que je
m'occupois de lui, et il prévint ma curiofité en m'accueillant . . . Tel que
Vous me voyez, Monfieur, me dit-il, j'ai eu grand peur au bruit de cette
artillerie infernale, qui divertiffoit tant le Roi de Pruffe devant Torgau . . .
Ce n'eft pas la peine, me direz-Vous, mais chacun eftimant fa vie ce qu'elle
vaut, je me dis cent fois de par moi-même, avec raifon ou non, c'eft égal,
„ne vas point au bois, fi tu as peur des feuilles, Camarade" . . . Hector ne
trembla-t-il pas devant Achille . . . Qu'eût-il fait à l'afpect d'une piece d'artillerie ? J'ai manqué un grand coup, Monfieur, c'eft de fuir comme Horace . . . . mais par où échapper. Je craignois les enrolleurs, et qu'auroit-
on fait de moi? un tambour; mais un Tambour eft homme, et tout homme a peur au moins une fois dans fa vie. Le côté avantageux de mon inconnu, n'étoit point la couardife, il avoit donné des marques de valeur dans
quelques brochures affez bien accueillies. Je le priois de me faire fon hiftoire, chaque homme fait la fienne rélativement aux objets qui ont le plus
intereffé fa vie: voyez, Meffieurs, fi mon Raconteur a mérité qu'on s'informe de la fienne.

Il étoit né à Sardam, deux francs mâles fe difputent encore fur le lieu
de fa naiffance, comme fur leur identité de pere à fon égard; l'un d'eux
Juif de Goa, exigea de la mere de l'inconnu, qu'il fut circoncis, fon fecond
pere Anabaptifte du Païs de Waldek, la pria de proroger le bapteme de
l'enfant; la mere difparût peu après la naiffance du jeune homme. Il fut
ballotté et fes deux bons peres s'accordant au mieux fur l'ambiguité de leur
autorité paternelle reciproque, convinrent de lui payer par moitié une pen-
fion fuffifante qui régla le fuperflu même, qu'il lui falloit quelquefois, pour
donner à fes actions un air de liberté, que le fimple néceffaire ne donnera
jamais:

jamais. Une autre condition fur laquelle on s'accorda fans peine fut, que les fix mois que le pere Ifraëlite lui payeroit fes rentes aliquotes, il s'appel-leroit בנימין et pendant les fix autres mois du Papa Anabaptifte, qu'il prendroit le nom de Benjamin. La feule différence qu'il y avoit dans ces deux Régies, c'eft que l'Anabaptifte fut toujours plus tolerant à fon égard que l'Ifraëlite. Tout a fes traverfes dans la vie; il refta à notre Benjamin 52. fois l'an, une charge embaraffante, ne fachant pas à quel dimanche régler fa Semaine . . . Cette cruelle alternative commença le Samedi, fe per-pétua le Dimanche, s'effaça le Lundi, et le reftant de la Semaine il en fût quitte. S'il le trouvoit à propos, il pouvoit libertiner avec qui il vouloit: il vient de prendre les fix mois d'Hiver pour fon femeftre donatifte ; et les mois d'Eté convenant mieux aux herboriftes defcendans de Jacob, il profef-fe le Judaïsme, n'adoptant toutefois aucune opinion qui le rendit à perpé-tuité à aucune des deux Sectes, auxquelles il étoit cenfé devoir obéir pour ne pas troubler fa deftinée. S'il arrive qu'il ait de l'argent, il fe figne *fanguinaire* (*) ; au défaut d'efpeces, il s'appelle *Nudipedalien*; dans fes accès de devotion, il eft *femper orans*. L'Hiver il fe croit Monaftérien , il écrit en enthoufiafte, et quand il fait l'amour, oh pour lors il devient *libertin* et Ada-mite . . . Avec tous ces noms qui fe rapportent tous à Anabaptifte Mne-monite, peut-il jamais manquer d'en avoir un . . . Tant de Rois en ont de relatifs à leurs Etats, les fiens fe rapportent à lui feul, ils font à lui. Or Vous connoiffez fans doute quelques nouveaux Anabaptiftes, gens de bon-nes moeurs, d'un extérieur fimple et uni, refpectant les Puiffances, obéif-fant aux loix, me dit cette amphibie penfante. Falmadizen étoit mon pere

Ana-

(*) Tous ces noms dénotent autant de Sectes particulieres chez les Anaba-ptiftes.

Anabaptifte. Mon pere l'Ifraëlite s'appelloit Zacharie Naifon, ami intime
du Comte de *Langallerie*, projetté Roi des Juifs : je manquerois à la bonne
foi que je dois à mon bienfaiteur, à la difcrétion qui m'empêche de m'expliquer fur ce point comme je le pourrois, fi je Vous faifois l'hiftoire de
mon promoteur éventuel.　　J'ai lu chez cet honnête Juif plufieurs lettres
du Comte, qui n'étoit point fans idées et qui, s'il n'eut point échoué à
Vienne, eût mit la-main au grand oeuvre, en rendant à l'Europe un peuple errant, raffemblé fous un Roi national, veillant à l'illuftration qu'il a
perdue, et que le génie d'un feul homme eût rétablie peut être.

La plus grande partie du négoce de Vienne fe fait par les Juifs, et s'y
fait mal, la plupart n'y étant point .à demeure.　　Le peuple y eft perfuadé
que la loi leur refufoit des domiciles fixes, parcequ'ils avoient traîné l'innocence au fupplice du crime . . . C'eft là le cas de l'extrême juftice, mais
le triomphe de l'équité adoptable en Autriche comme à Rome en décidé
différemment à cet égard.

Bien loin dit Clement VI. de perfécuter les Juifs, il eft de la juftice de
les affifter.　　J. C. ayant tiré d'eux fon origine, ils font nos freres malheureux; Pithagore même s'abftenoit de la nourriture des fèves de crainte de
déchirer de fes dents, l'ame de quelque parent.　　L'humanité feule devroit
nous engager à alléger la captivité de ce peuple infortuné : en remontant à
d'autres fources, rien ne nous engage à retablir d'ailleurs cette nation habi-
tuée à fes malheurs.　　Les Juifs contemporains des Grecs, des Romains,
des Egyptiens et des Perfes, ont toujours été aut deffous de ces peuples
pour le génie et pour les arts qui en dependent.　　Le Temple de Salomon,
d'après les defcriptions mêmes qui en parlent avec le plus de fafte, pouvoit
reffembler de nos tems au Palais du Pape Jules, près de Rome, mais dans .
fes décombres.

Je

Je me crus en devoir d'interrompre mon Nudipedalien : je ne devois
pas pénétrer plus avant dans fon fécret, mais un point m'embarraffoit encore. Je brulois de connoître la fouche dont provenoit mon Raconteur . . .
L'exiftence de ma mere eft un Myftere continua-t-il, difpenfez-moi de
Vous en embrouiller l'efprit: il eft tant de Princeffes malheureufes qui ont
fait parler d'elles dans ce Siècle, que je Vous laiffe le choix de découvrir
parmi elles, quelqu'une qui pouffa fes débordemens au point d'occafionner
une exiftence auffi déraifonnée qu'a toujours été la mienne.

Tout ce que je puis Vous confier, c'eft que lorfque l'on dit à ma mere à l'inftant de ma naiffance, que je reffemblois à mon pere, elle demanda fi j'avois une Couronne fur la tête. N'abufez point de ma bonhommie,
regardez l'aveu, que je Vous ai fait comme une marque de l'eftime, que
Vous m'avez infpirée, ne m'extorquez point un fecret, c'eft me mettre à la
queftion; confolez-moi en homme libre, qui mérite la confiance des mortels fenfibles. Je promis de revoir mon Protée, mes cheveaux étoient mis,
et je m'abandonnai aux vents.

✳

Station II.

Peurs paniques.

L'efprit des Parifiens d'aujourd'hui, eft au fond l'efprit de tous les peuples,
fi Vous exceptez ceux, qui trop ftupides, n'ont peur de rien. Ariftippe
pendant une tempête fur Mer, eût peur; un impertinent fit devant lui l'intrépide: je n'en fuis point furpris, dit le Philofophe, chacun eftime fa vie
ce qu'elle vaut. Le fait du Serpent détaché d'une Colonne, et qui caufa

une

une frayeur fans égal dans Rome, les Aigles devorés par des vautours, n'exciteroient plus la moindre fenfation parmi nous ; d'autres objets, d'autres caufes nous frappent aujourd'hui, nous avons peur de notre ombre, d'un Papillon, d'une mouche. Ajuftés comme des furies, nous fommes faits à faire pour l'Enfer, les Duels n'effrayent plus : en échange comparons-nous aux Romains, examinons fi nous avons gagné ou perdu, en nous éloignant de leurs foibleffes ; les faits les plus averés deviennent à rien fous l'égide de l'expérience. Il y a dit Pline un figuier au milieu de la plaine où Curtius fe précipita ; décoration magnifique pour une Place Républicaine, en faveur de l'intrépidité.

*   *   *

S'il étoit queftion ici de Cérémonies occultes, je dirois que les Payens ne permettoient point que les Myftères des Dieux parvinffent à la connoiffance des Profanes. On fe rappelle volontiers le fort de Marcus Tullius, que Tarquin fit jetter dans la Mer, pour avoir copié le Livre des Cérémonies facrées. En remontant même aux fêtes de Cères, Horace ne fe fût point embarqué dans un même vaiffeau avec celui qui eût revelé les myftères de cette Déeffe.

Paris de Graffis, Maître de Cérémonies de Leon X. demanda au Pape, que l'on brula Marcel éditeur de l'oeuvre de Patrice qui traitoit du Cérémoniel.

De toutes les figures deffinées cérémonieufement fur le fable ou en l'air, pour effrayer ou pour furprendre, celle que le fage eft contraint de tracer contre les loix des proportions, eft la plus vicieufe, et ce manque de jufteffe n'eft nulle-part plus fenfible que dans les Cérémonies établies pour honorer la divinité, que l'on dégrade par des Lazis.

*   *   *

Ancus

Ancus Martius eft accufé avec quelque fondement, d'avoir été à la foiſ l'Eroſtrate, le Ravaillac, et l'ufurpateur de la famille d'Hoſtilius, trois qualités qui prifes féparement, deshonorent, mais immortalifent réunies. Il n'étoit point étonnant, au reſte, que le peuple habitué de prendre pour une faveur du Ciel, le feu qui tomboit fur les facrifices, n'eut peur en certains tems, mais ici la frayeur s'empara du Capitole: et la Statue de Jupiter abbatue par la foudre, devint un préſage funeſte pour Rome credule. Ce peuple chantoit:

> De ces offertes et Services
> Se veuille fouvenir,
> Et faire tout facrifice
> En cendre devenir.
>
> *Callimaque.*

Les Prêtres intimidant, menaçant, s'emparant des efprits, marquerent l'inſtant où la foudre devoit épouvanter le peuple, jamais plus malheureux que lorſqu'il devient le jouet de la fourbe et de l'impoſture. Les Turcs d'aujourd'hui béniſſent le Ciel à chaque coup de tonnere. Le mot Ildiz, Etoile jettée, exprime chez eux un météore igné, et les plus fimples Mufulmans croyent, que les éclairs font autant de flèches lancées contre les Démons par les Anges. En Europe, les enfans ont rarement peur du tonnere, l'efprit eſt une cire paitrie par l'erreur endurcie par l'habitude.

Le combat de Regulus avec un Serpent rapporté par Aulus Gellius, mis au nombre des époques férieufes, demontre, je crois, qu'il faut du tems pour faire revenir les hommes des écarts de la Sageſſe.

* * *

Je connois un homme riche, affez timoré, pour être troublé au bourdonnement d'une Cantaride, comme un infirme le feroit fouvent à

L   l'ap-

l'approche d'un Biftouri. Il a lû - dans Athenée, que les Thebains guériffoi-
ent la fciatique et l'epilepfie par le fon de la flute ; depuis ce tems, fon mé-
decin eft muficien d'Orcheftre. Une chaconne notée, eft pour lui une rece-
pte de quinquina ; toutes les fois qu'il entend le fon d'une trompette, il
falive. Nous tenons à des préjugés : nés dans l'imagination des hommes, ils
y échouent de même . . . Vous connoiffez par l'Hiftoire le foible de cette
nation mâle et guerriere, qui fe troubla à l'afpect des poulets facrés et à la
vuë des entrailles enfanglantées de fes Victimes. Par quel contrafte, le plus
éloquent des Orateurs, étoit - il en même tems le plus fuperftitieux? et par
quel hazard le plus intrépide des guerriers, le plus pufillamine des Ci-
toyens ?

C'eft là de ces contradictions du coeur, qui n'ont pour toute excufe,
que le vice et la foibleffe des organes.

Le tonnere donna à trois pas d'un efprit fort: effrayé du coup, il pro-
nonça le nom de Dieu, fon ami le félicita de cette connoiffance heureufe :
helas ! lui repondit l'homme fans foi, je me fouviens de tems en tems des
amis de mon enfance. Au fixième jour du Mois Thargelion, marqué
fouvent par des événemens heureux, foit pour les Atheniens, foit pour les
autres peuples de la Grèce, je fus volé à une maifon de Pofte, précifement
en changeant de chevaux; pour furcroit de disgrace, une maudite Oye épou-
vantée, manqua fon vol et me heurta fi fort, en traverfant ma voiture fans
glace, que j'en fus étourdi pour un quart d'heure; c'étoit me donner la petite Oye bien mal à propos et à quel jour!

Le Poftillon doubla le pas pour profiter d'un moment, qu'il croyoit
de quelque préfage pour lui; l'oye fe trouvant dans ma voiture, on entendit crier derriere nous. Une femme luifante de beurre et de graiffe humaine

maine réclamoit fon oifon, nous le lui rendimes d'autant plus leftement, qu'il nous pefoit; je Vous le laifferois volontiers, nous dit-elle, s'il n'étoit dreffé à tourner ma broche au défaut de Bugatfchew (mon fixième chien). Des raifons auffi fondées euffent desarmées un Cofaque.... Le Poftillon montra fes poftères, claqua du fouet, en colere d'avoir manqué fon oifon.

> La rage affiègea fes prunelles,
> Et fes deux bras lui fervant d'ailes,
> Aiderent Armand à s'envoler.

✳

Station III.

M on voyage à Cologne a été chargé d'avantures; cette Ville auffi célebre que trifte a eu fon Rouffeau dans Agrippa; la culture et l'expreffion d'un fentiment, font la différence d'un génie à un autre génie.

En rapportant l'efprit des trois fiècles, Agrippa étoit dans le fien, ce que le Citoyen de Geneve, eft au dix-huitième fiècle: homme Philofophe, Diable, Heros, Dieu et tout, Sage et ignorant, pleurant, riant, critiquant, mordant, et fe fachant tour à tour.

Nulli hic parcit, contemnit, fcit, nefcit, flet, ridet, irafcitur, incitatur, carpit, ipfe Philofophus, Daemon, Heros, Deus et omnia. Ces deux hommes Martyrs de la raifon, en furent à la fois les matamors et les victimes.

Earle.

Levons-nous et marchons.

Sergis.

J'attendrai que Vous foyez habillé.

L 2

Earle.

Earle.

Ne le fuis-je pas?

Sergis.

(Or voici l'habillement de cet homme merveilleux! je le puis appeller ainſi, tout en lui étoit hors de forme. Je n'avois pas remarqué, qu'il étoit couvert d'un manteau de toile cirée, qui tenoit à des boutons de criſtal: ſon enveloppe moitié ca-talane, moitié françoſe, le rendoit exaſtement vetû comme Arlequin, excepté que ce vêtement grotesque étoit auſſi long que nos habits ſont courts aujourd'hui).

Sergis (à part).

Que l'état de mon ami m'afflige: qui croiroit cependant, que ſous des lambaux auſſi bigarés, on retrouva d'auſſi frappantes leçons de ſageſſe.

Pittacus vouloit que l'on uſa de violence pour faire triompher la vé-rité; où trouver néanmoins l'arc et le carquois garnis de bonnes flèches pour ſe faire jour? L'or eſt un grand point de Rhétorique, je ſavois que ce précieux métal donnoit dans tous les païs la confidération, la probité, la gloire; mais qu'il fût un moyen infaillible de pénétrer à la connoiſſance du vrai, Chilon même devoit en douter, en égard à la préviſion fondée ſur les ſujets de la raiſon, que ce philoſophe regarde comme la vertu qui diſtingue l'homme de la brute; je la crois utile mais trompeuſe par là mê-me qu'elle s'appuie ſur la raiſon. Bien des ſages ont recommandé de ne point ſe ſoucier du lendemain: *Vita ingrata eſt, trepida eſt, in futurum fertur* (*).

Sergis.

(*) C'eſt compter ſur les bienfaits de la nature et les manquer.

La maniere qu'employoit Périandre pour parvenir à l'évidence, c'eſt la queſtion, moyen digne d'un Canibale, dit le Marquis de Becharia, que les Romains, peuple barbare à plus d'un titre, n'employoient que vis-à-vis de leurs Eſclaves.

Sergis. (haut)

Encore une fois mon ami, mettez ma redingotte, Vous ne pouvez pas Vous faire voir comme Vous êtes.

Earle.

Qu'appelles-tu, me faire voir, à quelle foire fommes-nous, et quel eft mon affiche? Suis-je moins à la face des êtres fous cet habillement, que je le ferois fous le tien? Tant pis pour ceux qui ne s'habillent que pour leur miroir . . . Des cruautés, des faux juges, des faux amis, des iniquités multipliées à l'infini, nous mettent à nud : et il ne feroit point permis au pauvre depouillé, de haleter fous un habit que la mode profcrit et que la raifon fuggère? Avec le Caftan que voici, je réalife en partie le miracle des Ifraëlites ; fait fur mon corps, il ne s'ufe jamais, il croit, il fe rétrecit, il s'élargit avec moi, je le renouvelle fans peine, j'y ajoute ou je défais tour à tour la broderie, le deffein, les coutures ; chaque jour, chaque pièce, chaque échantillon ; une nouveauté médiocre l'emporte fur la plus haute excellence qui commence à viellir.

Je ne cache pas ma folie pour ce genre de vêtement le plus raifonnable de tous, fi Vous en exceptez la pudeur qui fe paffe de couverture.

> *Poteft mulier effe munda quae tamen*
> *Ornata non fit* (diffe Ulpiano)

Compofé de pieces bigarées, mon jufte au corps offre aux yeux des curieux des nuances fortuites, les couleurs d'un parterre : s'y fait-il une tache, je fuis à l'enquête d'une autre piece à laquelle le coloris gagne presque toujours. En réformant ainfi fans fraix ma garderobe cent fois l'an, les remercimens toujours fuperflus dans la reconnoiffance, ne m'obligent à

rien

rien envers ceux, qui ne me donnent que des échantillons en guise d'étoffe.

Decouverte étonnante dans ce Siecle de lambaux où chaque vertu a la teinte d'un vice, où la reconnoiffance n'est à bien dire que l'excuse d'un ingrat. Mon manteau est un paratonnere infaillible, il ne me faut d'autre barre électrique que ma tête : les dechirures et les franges de mon juste au corps font les conducteurs de la matiere ignée, et toutes les fois, que je re-fléchis fur les miseres auxquelles le plus grand homme céde comme le gou-jat, l'étincelle part; l'explosion ne m'affecte pas, le coup frappe, mais loin de moi: Vite un entre-chat.

Sergis.

Et que je faute ou cou de mon fou d'ami . . . tu as raifon divin Salo-mon, la tristeffe loge dans le coeur du fage et la joie dans l'ame du fou.

Earle.

Tu réchignes à tout ce que je dis, vas ! tu n'es pas même philofophe, cela dit peu dans ton Siècle. Donnes moi ta redingotte, tout homme de bon fens doit fe conformer à la bizarrerie des ufages, comme à celle des Sectes: c'en est une que la maniere de s'habiller, et les tailleurs font fur cet article les coriffées des Mahomets, des Pen et des Moyses. Ecoute l'im-promptu, que je vais lire.

Un avanturier famélique
Gentilhomme d'ailleurs et zélé Catholique
Debarque un beau midi, fans credit, fans argent,
Chez un gargotier protestant.
Il bût tant qu'il pût boire; il fit chere abondante
Il n'avoit qu'un gros fousdoré fort proprement.
Au fortir il le gliffe à l'hôte, lui difant:
Prenez toujours, *il répréfente.*

Pline

*   *   *

Pline rapporte qu'au moyen de certaines formules, les Volfciens pouvoient forcer la foudre de defcendre en Etrurie. Ce fait et plufieurs de cette nature, feroient croire, que les anciens avoient connoiffance de l'électricité. Un enduit de réfine garantit du coup du Ciel, je porte un manteau de toile cirée à la même fin ; c'eft ma mode. Si les Volfciens pouvoient effectivement faire defcendre le feu de l'Athmofphere, qui fait fi les Prêtres n'euffent dès lors un habillement particulier, qui les préferva des cataftrophes. Ils eurent certainement le fecret d'imiter le tonnere et de donner des peurs aux affiftans crédules : tout ce que leurs Phyficiens en difent et la defcription de Rouffeau de Géneve fur la maniere de faire tonner fur nos Théatres, annonce bien plus un peuple enfantin, que des hommes dépofitaires d'un fecret qui avoit anciennement furpris les Sages et les Rois. Un de ces employés au Tonnere de l'Opera dit au Prêtre qui le confoloit à l'agonie, en lui faifant entrevoir un repos conftant au Ciel, dont il n'avoit joui qu'imparfaitement dans ce bas monde : helas ! mon Pere, je ne fais trop fi je me repoferai, fut fa reponfe, on me forcera d'aider à faire tonner les anges.

*   *   *

Si tous ces faits font vraifemblables, Chylon ne dit pas moins, que ce n'eft point par la Science des paroles qu'éclate la verité, et que le flux des mots eft à la précifion ce que la battologie eft à l'axiome, un coup de foudre aux facrifices. Deux autels, l'un au bon fens et l'autre à la vérité, dreffés à Anaxagore, rappellent à la pofterité l'hommage d'un homme vrai, fans décider de l'exiftence de la vérité même. (*)

Sergis

(*) Hoftilius frappé de la foudre, a eu le fort de Richmann, fans avoir eu le fecret de Nùma, de fe garantir du coup électrique . . . . Ce Prince, dit Mr. Dutens

Sergis.

Au mieux, mon ami, je Vous vois raifonnable: vite un perruquier.

Earle.

Volontiers . . . . j'ai befoin de refaire en tout ma pauvre tête, la poudre et la pommade font d'excellens renfrais: point de frifure, point d'entravès, pas même à mes cheveux . . . A quoi fert ce vain et inutile modele d'un membre, que nous ne pouvons pas même honnêtement nommer, et duquel dit le bon homme Montaigne, nous faifons pompe et parade en public; point de queuë Vous dis-je, il ne me faut d'autre couvre-chef que mon bonnet, préférable fans doute à un emplàtre de farine et de graiffe.

Des eftomacs de boeuf retournés fur la forme et fans coutures, ne bleffent pas, c'eft ma chauffure.

*   *   *

La nature n'eft belle que pour l'homme qui la contemple, et fe regardant comme identité de cette même nature, il rencontrera bien des nuances qui la lui rendront moins attrayante. Cela fupofé, cet univers eft créé pour le fpeétateur, et ce fpeétateur eft Dieu, qui ne pouvant être par fon étendue infinie un objét frappant dans la nature, contemple fon ouvrage et s'y complait.

L'ordre des vêtemens mériteroit certainement un livre à part: c'eft presque toujours des étrangers, que les hommes ont appris à couvrir leur nudité fans égards à l'exigence du climat, et des parties plus ou moins faillantes

Dutens, profitoit de la fupériorité de fes lumieres pour conduire plus facilement un peuple ignorant, en rapportant fes connoiffances aux forces de la nature, à des rits Religieux qui fembloient le mettre en correfpondance avec le Ciel.

lantes dans un païs que dans l'autre; preuve de cela, que le Sauveur à changé de vêtement fur la foi des apôtres voyageurs. Peut-être en remontant à des réflexions plus anciennes, les Prêtres d'Etrurie attribuoient-ils à Jupiter deux fortes de parures, l'une favorable aux tailleurs, l'autre au profit de la nudité: la premiere parût refervée aux fages qui s'adaptent à la faifon et aux tems, les pauvres d'efprit ont fans contredit été doués de la feconde.

*

Station IV. •

(Le lieu change; vuë d'un Parc.)

Trottoirs &c. Promenade.

Sergis et *Earle.*

Enfilons cette allée, évitons le vent.

Earle.

Eh de grace marchons contre ! Le vent felon moi eft l'efprit Eloim qui agite la fuperficie des mers, et qui donne la vie à tous les êtres, vent de Dieu qui foufle fur les eaux, pénétre mes vaines, traverfe mes pores, agite mes entrailles, rend la vie à mon coeur. Faire l'éloge du vent, c'eft avancer dans la connoiffance de bons moyens; point de ventilateurs dans Vos appartemens, jouiffez du grand air, et Vous apprendrez à Vous paffer d'éventails.

Les maîtres qui avoient guidés ma jeuneffe, étoient tous des originaux, ils m'ont mis à toute fauce. Outre les mentors qu'on eft en ufage de fubftituer aux mégères qui conduifent les premiers pas de l'enfance, joint au

M   maître

maître en fait d'armes et à celui de danfe;.j'ai eu jusqu'à un joueur de go-
blets, une Pythoniffe et un Negre.

On m'avoit configné fuivant l'ufage à un Gouverneur, mais les leçons
de Wolff me donnerent les premieres et les feules profondes traces à fuivre
dans la route des fciences. Je me crois Doêteur tout comme un autre, je
n'ai pas le profond favoir de ces gens-là, je n'ai que le bon fens, qui leur
manque presque toujours, j'en tire parti à ma guife. Effayez, propofez-
moi, tout en marchant bien des queftions, j'y repondrai comme font les
Rois, par d'autres queftions, qui font presque toujours la politeffe, qui décide de leur accueil, ou comme les femmes pour le fimple plaifir de la
curiofité, ou comme les auteurs pour étendre leurs connoiffances: je
Vous écoute.

Sergis.

Volontiers, il eft doux de ~~faraonifer~~ *folloquifer* par fois avec des amis. Repondez, mon cher Earle, mais de fang froid: pourquoi y a-t-il des perfonnes qui paffent pour gens d'efprit, parcequ'on les a annoncées comme telles,
et qu'on prendroit pour des fots, fi on les avoit préfentées fous ce titre?

Earle.

C'eft que ces gens-là ont juftement affez d'efprit pour foutenir la premiere idée qu'on a donnée d'eux, et qu'ils n'en auroient pas affez pour faire
revenir de la feconde.

Sergis.

Pourquoi ne fait-on pas difficulté d'avouer les torts qu'on a eus, tandis
qu'on s'efforce de cacher ceux qu'on a?

Earle.

C'eft que le paffé fait fur nous moins d'impreffion que le préfent.
Celui qui avoue avoir eu des torts, (fuppofé qu'on croie qu'il les a reparés)
con-

confeſſe avoir actuellement des torts, s'eſt avoué actuellement coupable: cela eſt incompatible avec l'amour propre. On ne fait pas miſtère des malheurs qu'on a eſſuyés, ou parcequ'on peut mettre tout le tort ſur la fortune, ou parceque l'époque de ces maux, étant éloignée, on les regarde comme un naufrage auquel on a eu le bonheur d'échapper. Pour les deſaſtres actuels, on les cache 1°. parcequ'on eſt actuellement affecté 2°. pour ne point alimenter la malignité des ennemis qu'on peut avoir, et 3°. pour ne point mettre ſes faux amis dans le cas de dechirer le voile qui les cache.

Sergis.

La grande gaïeté eſt-elle une marque certaine du bonheur?

Earle.

Pas plus que la Myſanthropie en eſt une de l'adverſité. Trop de gaïeté annonce une ame agitée: la myſanthropie, ſi elle n'eſt pas pouſſée trop loin, n'eſt ſouvent que l'effet du ſouvenir des perſécutions qu'on a eſſuyées des perſonnes qui nous ont fait beaucoup de mal, par la ſeule raiſon que nous leur avons fait trop de bien: cette myſanthropie ne ſuppoſe que de la défiance contre un grand nombre d'hommes, elle n'inſpire point la haine; elle n'empêche pas qu'on ne ſe livre de nouveau à des traitres: la myſanthropie, proprement dite, eſt une vraie frénéſie digne des petites-maiſons. Sous la direction de Timon, c'eſt un fond d'orgueil, qui ſe cache ſous toutes ſortes de couleurs, c'eſt l'homme qui ſe haït lui même, ſous prétexte de haïr les autres hommes, qu'il fuit, parcequ'on le fuit.

Sergis.

Pourquoi ſe trompent ſi ſouvent ces obſervateurs ſevéres, qui eſpionnent ſans ceſſe le genre humain?

Earle.

Earle.

C'eſt que l'oeil fatigué par une tenſion continuelle, ſe trouble, et ne voit que des fantômes.

Sergis.

Pourquoi la gloire du grand homme s'efface-t-elle ſouvent dans l'eſprit du vulgaire, lorsqu'elle eſt parvenue à un certain degré?

Earle.

C'eſt qu'il eſt un point au-de-là duquel tout eſt perdu pour la gloire; c'eſt lorsque le peuple, après avoir confondu toutes les vertus, parvient à les perdre de vuë, faute de ſavoir diſtinguer celle qui eſt moins belle, de celle qui l'eſt davantage.

Sergis.

Pourquoi la flatterie eſt-elle presque toujours un moyen ſur de plaire?

Earle.

Parceque la plupart des hommes ont la manie de paroître plus grands qu'ils ne le ſont : de là vient que beaucoup d'entr'eux aiment mieux être négligés, que de ne pas recevoir des louanges exceſſives : mais dans le fond ils mépriſent ceux qui leur donnent trop d'encens, et haïſſent d'ordinaire ceux qui ne font que les apprécier.

Sergis.

Quelle différence y a-t-il entre la pudeur et la coquetterie?

Earle.

Ce ſont deux armes différentes, néceſſaires aux femmes : par la première elles intimident les aſſaillans : elles les enhardiſent par la ſeconde : les formalités reculent le moment du combat, mais elles le rendent plus vif.

Sergis.

Sergis.

Pourquoi n'avez-Vous point d'inquifition en Allemagne? .

Earle.

C'eſt que le bois y eſt cher et le fer à bon marché. Mais nous avon**s**
ſa petite ſoeur qui fait brûler les bons livres.

Sergis.

Pourquoi ne compte-t-on que ſept pechés mortels?

Earle.

C'eſt qu'on a oublié la pauvreté, qui regorge de biens: la tempérance
qu'étouffe une obondance extraordinaire des mets les plus declicats: la ſo-
brieté étourdie par la fumée de cent ſortes de vins exquis: la chaſteté des
célibataires à diſcrétion partout. Cette derniere engeance eſt la plus dange-
reuſe, la plupart des aſſaſſinats des crimes ſe font faits par les célibataires;
de cent malfaiteurs, le plus grand nombre ne connoit pas le mariage.

Sergis.

. Pourquoi voit-on dans les capitales le clinquant à côté des dettes: la
ſomptuoſité près de l'écraſement: l'orgueil vis-à-vis de la pauvreté: les
fauſſes demonſtrations d'amitié à la place de la franchiſe: le céremoniel au
lieu de la ſincerité? faites-moi l'honneur de me repondre.

Earle.

Dans les grandes capitales, le luxe eſt en poſſeſſion d'épouſer la miſère: de là naiſſent beaucoup d'enfants, entre autres: l'extorſion, la perfidie, les concuſſions, la baſſeſſe: ce ne ſont là, que les filles de ce mariage monſtrueux, qui a deſavoué la honte, fille ainée de toute la maiſon:
les fils ne ſont pas moins dangereux. On peut les comparer à des Cadets
de Gaſcogne, qui devorent ce qu'ont épargné les ſauterelles.

Sergis.

Sergis.

Science.

Tout ce que Vous me dites là mon maître, peut avoir eu lieu jadis, mais aujourd'hui nos philofophes n'ont qu'à fe montrer pour éclairer ce qui les entoure: il eft inutile de prôner la vertu, les vices fe détruifent à vue d'oeil par les leçons des fages.

Earle.

Les fages ne prêchent point, ils fe contentent d'agir; peu de nous fe corrigent fur les exemples qu'ils nous donnent, tous ne s'attachent qu'à la célébrité d'un mot qui n'honore point, s'il n'eft mérité. *L'Ego quoque* de Ciceron à un riche cuifinier qui prétendoit aux honneurs de la magiftrature, convient à la plupart de ces favantaffes.... *Ego quoque tibi jure favebo,* dit cet orateur Romain, je l'inviterai à manger ma foupe à mon tour. *Juris peritus* s'entend par *expert à faire de bonnes foupes,* et Martial en parlant des Jurisconfultes, s'excufe en difant, *fed de forbilibus juribus ipfe loquor.* *Quintilian* appelle les diplomes académiques, *ingenium numerato,* l'efprit en argent comptant. *Quevedo* en parlant des favans de fon tems, qui promenoient leur fcience fur de belles mules couvertes de la robe de Docteur en guife de houffe, les appelle *Tombas con orejas,* des Tombeaux à longues oreilles... Juge qui peut, fi toutes ces amphibologies ne font point auffi ridicules que nos Docteurs le font eux-mêmes: jettons une bonne foi tous nos livres. Il fut des Rois favans, je le fais: il eft des fots qui le font aujourd'hui: trifte période des connoiffances humaines. A tout le favoir poffible, je préférerois l'efprit qui, bien gouverné, ne nuit pas à ceux qui n'en ont pas ou qui en ont trop: mais en péfant avec difcernement les miféres de notre exiftence, on conviendra que ce n'eft en vérité pas la peine d'en avoir, et qu'il eft imprudent d'en montrer. A quoi fert l'efprit à N., condamné à le débiter chez l'étranger, qui rapporte tout à la langue
de

de fon pays, et qui interprête au lieu de traduire: c'eſt à pûre perte qu'on
a de l'eſprit dans le Nord: et pour un homme enflammé du feu de Promé-
thée, il y en a cent qui gélent. Ambitionnez d'avoir de l'eſprit, mais que
ce ne ſoit que pour vous ſeul; avec beaucoup d'eſprit, on eſt ſouvent plus
malade qu'on ne penſe: et ce qui fait enrager, c'eſt qu'on Vous en félicite,
et qu'il n'y ait que Vos ennemis qui ne rient point des accès de Votre mal.
Perſuadons-nous que l'eſprit de tout un ſiècle, celui du jour même, joint
au ſavoir de tous les auteurs enſemble, n'eſt rien en comparaiſon d'un ſeul
ami qui n'exige ni eſprit ni érudition, et qui ſe contente du coeur, ſans
s'inquieter à en developper les reſſorts. Je le repete, je mets un ami bien
au deſſus de tous les livres de la Bibliothèque de Ptolomée tant regrettée,
et qui peut-être ne valoit pas celle de certains particuliers inſtruits et con-
noiſſeurs. Si cet ami peut être une compagne aimable qui joigne à la
beauté un coeur inacceſſible à la ruſe, c'eſt là le ſuprême bonheur, qui ne
s'acheta jamais dans la boutique d'un Libraire. Nos calamités tendent
d'ailleurs toutes au beſoin d'aimer: à un certain âge, on eſt fait pour le
contenter plus que pour penſer: tant de milliers d'homme doĉtes n'ont
peut-être jamais fait d'heureux, eux-mêmes ne l'étoient pas. L'école qui
enſeigna l'amour, fut de tout tems celle de la ſageſſe: avant l'art d'écrire,
on ſavoit tout dès qu'on avoit l'art de plaire: ces hommes de l'antiquité galante, que l'amour créa Chevaliers, devoient être heureux, à en juger par
le nombre d'amoureux qui le ſont encore de notre tems.

Sergis.

Mais enfin, tous ces promoteurs du bien public, que l'on ne peut ap-
prouver aſſez, auroient-ils fait le bien à pure perte pour la poſterité comme pour eux?

Earle.

Earle.

Cela fe pourroit, Vous en conviendrez, un moment fi-Vous m'é-
coutez.

Sergis.

Le plan que mon bon Earle Vous envoit par moi, mes chers Meffieurs, je l'ai fait imprimer fur différens papiers coloriés, pour qu'il repréfente. Un livre fans vignette, du papier noir et blanc, n'eft tout au plus
que de l'air fixe ferré entre deux planchettes : les bigarures font paroître
feules. Tout a fes couleurs, la Rhétorique a les fiennes, les événemens ont
les leurs, gardez.-Vous cependant de la couleur de l'amitié : en remarquant
l'ombre que les corps jettent fur une furface blanche au lever et au coucher
du Soleil, elle paroit verte au*lever, et toujours noire au coucher. Elle
devient l'emblème de presque tous nos amis d'aujourd'hui.

* * *

(Un des Speɛ̃lateurs demande)
Que faut-il pour cela?

Earle.

Pas la moindre chofe, rien que le *mutuum auxilium*.

Un Païfan fenfé, mais qui ne voyoit goute . . .
Sur l'ordre des couleurs, avoit maint et maint doute :
Blanc, jaune, gris, bleu, noir! comment le verd? le blanc?
Sa curiofité l'affeɛ̃toit puiffamment.
  Il paffa par l'endroit un Doɛ̃teur grave et fage
Qui daigna vifiter l'aveugle du Village :
  Ami! la confiance eft ton premier devoir,
Dit-il, avec cela tu verras blanc et noir.

✣

Qua-

Quatrième Journée.

Aſtérisques préliminaires.

Sergis.

Les Univerſités?

Earle.

La Cour eſt une école ouverte, une comédie; n'y ſoyez point Aƈteur, voyez; aimez la ſolitude, gagnez ſur Vos ſens, apprenez le plus grand art et le plus facile, l'art de Vous paſſer des hommes.

Sergis.

Les Profeſſeurs dans l'école du monde ſont?

Earle.

Nos *Paſſions*, les Rois (voyez *Cyrano de Bergerac*) les Rois gouvernent les peuples; les Miniſtres gouvernent les Rois; les femmes gouvernent les Miniſtres; les paſſions gouvernent les femmes; donc les peuples ſont gouvernés par les paſſions.

Sergis.

Les Bibliothèques?

Earle.

1°. Les archives des Rois, 2°. peu de préceptes et beaucoup d'exemples; 3°. un bon livre d'éducation tel qu'*Emile*.

Sergis.

Les imprimeries?

Earle.

Que Votre manuſcrit ne paſſe qu'à celles où la liberté de la preſſe permet au génie d'éclairer le regne des Princes, où les droits des mortels

N   s'accors'accordent avec leurs devoirs, où l'utilité générale est une suite de l'instruction, où les loix font le bonheur des hommes.

Sergis.

Les Libraires ?

Earle.

Le Livre à feuilletter sans cesse et à tout âge, c'est le monde : les enfans des grands ont l'avantage au dessus des enfans des autres hommes, d'y lire avec plus d'aisance : ils voient un plus grand nombre d'objets, il y a plus de choix dans ce qu'on leur montre, ainsi ils ont plus d'idées essentielles.

Sergis.

Le choix de Societé ?

Earle.

Fuyez les pauvres d'esprit : le Prophete Roi Vous le conseille en disant, *Beatus qui non servivit indignos.* L'art le plus difficile, dit Jean Jaques, est l'art de vivre avec les sots.

Sergis.

Les Cabinets d'Histoire naturelle ?

Earle.

Vous trouverez le colybri, la pintade, la perruche et la caillette, ne contemplez cependant avec attention que la femme dont la beauté est le charme de la vertu : c'est le plus beau Spectacle dans la nature.

Sergis.

L'emploi des quatre âges ?

Earle.

Elevez Vos enfans en homme libre, donnez à l'adolescence des amis sages, qu'elle puisse mériter dans la puberté et qui lui donnent des consolations dans la vieillesse.

Sergis.

TABLE.

Mr. Diderot dans fa lettre fur les Sourds et les Muets propofe de décompofer pour ainfi dire un homme et de confiderer ce qu'il tient de chacun des fens qu'il poffede. J'ai fait de ceci une application à la Grammaire dans la table fuivante.

GRAMMAIRE.

Le langage des fens (*) s'exprime par					GRAMMAIRIENS.			
L'oeil en France.	Le Toucher en Angleterre.	Le Gout en Allemagne.	L'odorat en Italie.	L'oreille en Efpagne.	Vivans.	Morts.	Oubliés.	à Naître.
L'Oeil prompt à tout effleurer, voit tout, et quand le langage eft bien appris, il exprime fupérieurement.	Sens le plus profond et le plus Philofophe.	Celui des fens par lequel on juge des faveurs petit à petit; il s'étend au difcernement et au bon goût en Allemagne.	L'Odorat Sens Voluptueux.	Sens le plus orgueilieux.	1. Buffon, 2. Linné, interprêtes de la nature qui en parlent le langage, 3. L'Abbé d'Epée que Jofeph II. a été voir pour honorer le génie par fa préfence, et dont le livre fublime eft à la fois le trophée et le motif de fes actions, 4. Arlequin appris à parler toutes les langues en parlant.	Pline.	Ramus, André Salernitanus &c. ce dernier compare la Grammaire avec une Province gouvernée par le verbe et par le nom et faccagée par les deux: Charlemagne daigna le premier donner une Grammaire Alleman de à fes peuples. Theobald de Berenger et Albinus pouvoient-ils mettre en doute après cela fi ce Prince favoit figner fon nom?	Un Auteur qui mit tous nos difcours en geftes. Qui perfectionna la langue des fignes. Qui créa une langue univerfelle.

(*) Ce feroit dit un Auteur moderne une focieté plaifante que celle de cinq perfonnes dont chacune n'auroit qu'un fens, il ne feroit pas douteux que ces gens ne fa traitaffent tous d'infenfés, et je vous laiffe à penfer avec quel fondément.

Sergis.

La Synderéfe ?

Earle.

Difcernement du fage que l'habitude porte aux belles actions.

✢

Station L.
Une Salle de Bal.

Sergis.

(Or pour le coup, nous étions comme il convenoit d'y être, mon Philofophe avoit ôté fon furtout, il parût dans cet habit, et tout le bal le crût masqué. Sa très-grande barbe nouée autour du cou, furprit feule, et un Arlequin barbu à ce point devoit être un phénomène dans la Cathégorie des masques. Nous nous arrêtames à voir danfer ; les étuis à face humaine paroifſiient à mon Bramine des fauteraux d'un Clavecin privés de la faculté de penfer, agités par les doigts eftropiés du muficien, nourris de fons et de touches . . . Nous nous accoftâmes d'un banc et nous occupions à nos yeux une place très diftinguée dans le Senat de ces foux, que les loix de la danfe avoient affemblés de plus loin, pour deffiner du pied la Carte géographique du Pais dont ils empruntoient les graces, femblables à ce danfeur de Juvenal, dont les pas ghiffoient fur la falive.

Pytismate lubricat orbem.)

Earle.

Vous voyez, mon cher, qu'il y a du comique dans nos remarques ; n'avez-vous jamais fait des forts retours fur Vous-même. Vos idées portent en elles l'empreinte de la pufillanimité ; ici le courage n'eſt pour ainfi dire qu'une fuite de plufieurs peurs: parlez.

(Un masque paffa fous les ateurs d'Eole, quantité de foufflets fe trouvoient attachés à fon habit.)

N 2

Sergis.

Sergis.

C'eſt un Marchand d'eſprit.

Earle.

Nommez ce qui me fait penſer, ce qui me ſéduit; ame, eſprit, va-
peur . . . c'eſt égal . . . folie pour folie. Ecoutez une plaiſanterie, qui
me paſſe par la tête: repondez . . . j'attends.

(Nous nous trouvâmes pour le coup dans une aſſemblée presqu'entièrement
compoſée de prudes, de coquettes, de petits maîtres, de pedants, de bégeules, mais
tous gens de qualité. Un maſque m'apporte une lorgnette, „Monſieur, il y a là
„dehors un Savoyard, qui d't, que Vous lui avez demandé une bonne lorgnette
„qui ne flatte ni dégrade les objets.„ Earle prend la lorgnette. „Avec permiſſion,
„Meſſieurs et Dames: „ il lorgne tous les ſpeƐateurs l'un après l'autre.)

Le Savoyard.

Eſt-elle bonne?

Earle.

Cela ſe peut, mais je ne vois pas grand'choſe.

(D'autres masques crierent: des miroirs, **des anneaux conſtellés, des pou-**
dres ſympatiques, perſonne ne veut-il en acheter?)

Agnès.

Combien le miroir?

Le masque.

Un écu.

Agnès.

C'eſt cher.

Le masque.

Tenez! regardez-Vous: avez-Vous jamais vu une glace ſi fidele?

Agnès.

Eh bien je la prends.

Le

Le masque.

Il faut que je Vous dife les avantages qu'on tire de cette glace magnifique. D'abord qu'une fille ou une femme s'y eft mirée, le miroir devient
pour les hommes un tableau parlant, qui manifefte les actions les plus fe-
cretes de la perfonne; donnez-le moi, que j'y regarde: je Vous dirai alors
fi Vous avez un amant ou point, fi Vous lui étes fidele ou non, fi . . . . .

Agnès.
(Brife le miroir et fort.)

Pardi j'ai bien befoin d'un efpion.

Sergis.

(~~Je repondis en effet~~, mais mon ami dormoit; j'attribuois ce fomme à
l'effêt de la perfuafion: toute conviction endort.)

Earle.

Pardon, mais graces à Vos raifons, j'ai dormi d'un fommejl
d'Athlète . . .

✤

II. Digreffion.

Sur la Vérité.

La vérité n'eft point faite pour nous, bientôt on ne fongera plus à la trouver, ne négligeons point cependant, dit le Compere Mathieu, d'en
orner l'image des guirlandes de la Philofophie expofée en tout tems à la malice, contentons-nous de fuir tout commerce avec les hommes, ne nous
occupons qu'à broyer du noir pour le fimple plaifir d'écrire.

Platon pere et inftituteur de l'Académie dreffée par Socrate dans l'art
de douter, fuivit la maniere de fon premier Maître, et entreprit de com-

N 3   battre

battre tous les Philofophes, qui l'avoient précédé. Laiffons la connoiffance de la vérité aux Dieux et aux enfans des Dieux, et contentons-nous de la
recherche de ce qui eft probable.

Euclide mourut bleffé par un rofeau en fe baignant dans la riviere
d'Alphée. La recherche de toutes les vérités eft le rofeau où le Philofophe
s'appuye ; remettons en la découverte au tems, comme au Crytère le plus
fur à faifir: la vie de l'homme ne fuffit pas pour la connoître. C'eft le lot
de la pofterité. Ptolomée Soter, apella Diodore *Cronos* ou l'homme au
tems, ce fobriquet le fit mourir: l'homme pufillanime s'il fort de fon équilibre, il meurt.

Lettre, Calendrier.

L'*Almanach*, qui fixe le tems de la durée des Réligions, ne fera jamais le
guidon des Prêtres. L'Empereur par un édit émané de fon trône, vient de régler les Paques des Proteftants rapportées à celles des Catholiques
Romains.

Je reponds à la fuite de cela à Votre queftion fur la vraie maniere de
mefurer le tems en Europe. Bergier avoit propofé de marquer un point
fur la terre où le jour civile commença de telle forte que le même jour fut
porté fucceffivement par tout le monde et vint recommencer au bout de 24.
heures dans un lieu qui touche immédiatement le point donné: ce point feroit là, où le 180. degré de longitude toucheroit au 181. dans les Cartes de
Mercator; en quoi Bergier et l'Abbé de Choify paroiffent d'accord avec les
proteftants. C'eft en difant qu'il eft impoffile de tenir paques fur Mer, parcequ'on n'y eft pas fûr du vrai tems du Carême. Le Doyen Bathurft dit
dans

dans fes vers à une Princeffe venue au monde en Mars 17 . . . Belle Reine, Vous accouchez en Carême, pour ne pas avoir le ventre plein en tems de jeune : penfez que ce n'eft point fur les accouchemens que le tems méfure fon cours, ni la nature celui de fa puiffance.

Stilpon naturellement honnête, étoit généralement méconnu de fes contemporains, feul capable d'écrire l'hiftoire fonciere de la gaïeté, il converfa avec plufieurs Philofophes de fon tems, et la plupart du tems pour fe moquer d'eux. En converfation avec Crates, et fe hatant de la finir pour faire emplette de poiffons, Crates lui reprocha, qu'il rompoit le fil d'un difcours intéreffant : foyez vrai, lui dit Stilpon, Vous me quitteriez à Votre tour, fi Vous aviez faim : le fil de notre difcours fe retrouvera au revoir, mais les provifions s'emportent.

C'eft la défaite du gourmand, mais le raifonnement ne tenant point contre la faim, en comparant le glouton au méchant, ce dernier ronge les vivants, Stilpon ne fe nourrit que de poiffons morts.

Stilpon bût du vin à quatre vingt ans pour accelerer fa mort. Difons après, que le vin eft le beaume des Vieillards. Il met la vérité dans le hazard, et à ce prix les joueurs font plus près que nous de la découverte de ce préfent célefte. Diogéne met *le Criterium veritatis* dans la folie. Si Vous voulez favoir ce que c'eft, donnez - Vous la peine d'aller aux Petites-maifons : interrogez le premier fou que Vous trouverez calme dans fa loge : la folie, Vous dira - t - il, eft ce qu'on nomme *vapeurs* chez les grands.

Dans la Politique d'état c'eft l'art de donner toute la jufteffe poffible aux refforts compliqués et multipliés d'un tableau mouvant, repréfentant une infinité d'objets. Le monarque éclairé, vigilant, laborieux, ami des hommes, pere de la patrie, s'efforce de meler à propos les nuances

et

et les ombres: il a tout fait, s'il réüſſit de mettre chaque pièce à ſa place, ſans trop ſe fier aux lunettes de perſonne.

D'autres Philoſophes font conſiſter la pure vérité dans *la Politique de Cour*. C'eſt un carneval éternel où l'on change ſans ceſſe de maſque afin de ſe donner pour ce qu'on n'eſt pas, et de ne pas paroître ce qu'on eſt: c'eſt l'apparence pour la choſe; c'eſt un ſépulchre blanchi dans lequel on cache la pouſſiere et l'infection.   Le hazard, la faveur, l'importunité, l'audace dirigent cette eſpece de ſpectacle, où preſqu'aucun acteur ne joue le role qui lui convient.   On y voit travailler dans le cabinet bien des perſonnages, que la providence n'avoit créés que pour vendre de l'orvietan.

Dans la Politique individuelle ou perſonnelle, c'eſt le menſonge revetu de la livrée de la vérité: la perfidie ſous la couleur de la franchiſe, la haine cachée ſous le maſque de l'amitié.   C'eſt une fabrique d'où il ne ſort que de la fauſſe monnoye qu'on change contre de la fauſſe monnoye.   C'eſt un commerce de tromperies, de trahiſons, de filouteries, de baſſeſſes et ſouvent d'atrocités.

Dans la Juſtice.   La Juſtice morale eſt l'accompliſſement de tous les devoirs du bon citoyen.   *Juſtice*, corps de magiſtrature, eſt une machine à roües et à reſſorts que font mouvoir à leur avantage ceux qui la font graiſſer à propos.

Les ſoutiens de la vérité ſont les corps littéraires.   Leur nombre eſt très-conſidérable; il en eſt qui ſont agoniſſant dans leur enfance: d'autres qui n'exiſtent que dans des programmes: quelques uns qui n'ont que le crâne. On en compte auſſi qui n'ont plus que le radotage de la décrépitude; les plus raiſonnables ſont ceux qui ſont les moins pédants.   Ils ont des temples où ils ſacrifient à l'amour propre et à la jalouſie, ſouvent à la haine et à la vengeance.

Les

Les amis. C'eſt une couche de melons, où˙les plus mauvais reſſemblent aux meilleurs: le choix eſt impoſſible à la ſeule vue: il faut les éprou-
ver, et ſouvent on meurt avant d'en avoir pu trouver un bon.

Le monde, eſt un édifice auſſi vaſte que ſuperbe: la femme en eſt la
girouette. Il y a des girouettes qui ſont enrouillées, et qui écorchent les
oreilles par un bruit continuel : il en eſt d'autres qui tournent à rébours
contre l'impulſion du vent; il s'en trouve dont la dorure éclatante éblouit et
fait trébucher les paſſants qui les regardent avec trop d'attention. La tête
de l'homme eſt la girouette du beau ſexe : il la fait tourner comme il lui
plait. Cet édifice eſt rempli de marionettes qui s'entrechoquent ſans ceſſe;
elles ont des guides qu'on nomme paſſions : les guides qui ſont aveugles
s'amuſent des faux pas qu'ils font faire. Je prouverai mon aſſertion à Sancta
Foſca. Bonſoir à la Compagnie.

Le Joueur.

Je réclame, Monſieur, le ſecours de Votre art; on dit que Vous ſavez
récouvrer les choſes perdues: je viens d'être volé d'une façon cruelle; mais
volé jusqu'au dernier ſous. Le jeu fut un tems ma paſſion : aujourd'hui il
eſt ma reſſource, mais je fais corriger les bévuës du hazard. (Il prend un verre
et le briſe entre ſes dents). Oui Monſieur, il y a quelques jours que j'ai été
trompé de la maniere la plus indigne, la plus affreuſe, la plus terrible.
(Il frappe des deux poings ſur la table et renverſe des verres et des Caraffes).

Le Raconteur.

Monſieur, un peu de moderation! il n'eſt pas néceſſaire que Vos
mains parlent.

O   *Le*

Le Joueur.

(Se levant avec vivacité, saisit une chaise, et la brise en morceaux.)

De la moderation, Monsieur! n'en ai-je pas autant que peut en avoir un joueur, qui ne se croit plus dans le cas d'être dupe? De la moderation! (il prend le Raconteur au collet:) de la modération! (il le secoue fortement:) voyez Vous que je sois emporté.

Le Raconteur. (tremblant)

De grace asseyez-Vous, et parlez de sang froid, un verre de vin ne Vous fera peut être pas de mal.

Le Joueur.

(Prend le verre et le jette contre la muraille.) Le mauvais succès du jeu enivre assez, sans que j'aie besoin de boire. Je vais donc Vous raconter mon affaire de sang'froid, avec modération : (il prend le Raconteur par la gorge :) mais si Votre art m'est inutile, je Vous étrangle : (il le jette lourdement sur la chaise s'assied lui-même.) Ecoutez, je me rendis la semaine derniere à l'assemblée avec 50. doubles Louis : j'en gagnai deux cent à un Gentil homme Bréton, qui sous prétexte, que son hôtel garni étoit fermé, me demanda, si je voulois le recevoir dans mon Auberge, et partager mon lit avec lui ; j'y acquiescai dans l'esperance de lui gagner une bonne somme, qu'il avoit encore. Nous soupâmes gaïement, après avoir conclu une partie pour le matin : je me couchai le premier, non sans avoir eu la précaution de mettre secrètement ma culotte avec mon argent sous mon chevet . . . à mon reveil, Monsieur, (il renverse la table, casse les Lustres, les glaces) . . . restez assis, (il colle sur sa chaise le Raconteur qui vouloit fuir:) à mon reveil, je ne trouvai plus, ni ma culotte, ni le Bréton; (il ronge la table avec ses dents;) je cherchai mes pistolets; ils avoient disparus avec mon épée, cela n'est-il pas cruel, horrible, affreux?

Le

Le Raconteur.

Votre homme eſt-il encore ici?

Le Joueur.

Sans doute.

Le Raconteur.

Il faut l'attaquer en juſtice.

Le Joueur.

. Je l'ai fait : il a tout nié devant le juge, et comme je lui en fis des reproches, en ſortant du Palais : „entre Vous et moi, me dit-il, nous ſavons
„à quoi nous en tenir; mais quelle neceſſité y a-t-il, de faire des confiden-
„ces à des gens, que nous ne connoiſſons pas ? j'ai pris ma révanche pen-
„dant que tu dormois : voilà tout.“

Le Raconteur.

Ne pouvez-Vous pas l'appeler en duel?

Le Joueur.

T r i b u|n'a u x.

Il a ma bonne épée, avec laqnelle j'ai déja tué plus de 50 tricheurs.
(Il prend encore par la gorge le Raconteur:) mes 50. doubles Louis, mes 200.
Louis ou je t'extermine — C'eſt là le grief duquel je Vous demande juſtice, mes chers auditeurs, il eſt vrai que Vous l'attendez peut-être en d'autres cas, Vous ſavez Vous mêmes que les Tribunaux relachés à bien des
égards, font ſouvent d'une rigueur qui dégrade la juſtice, par la raiſon peut-
être, que toute perfection eſt enviſagée, ſous des aſpects différens partout.
Il y a des loix contre les prodigues, il n'y en a pas contre les avares.   Jaloux du bien qui ſe fait, auquel nous ne participons pas toujours, nous
mettons un frein au délire du diſſipateur et nous nous livrons aux ladres,

mais

mais en refléchiffant que tout pais tient à fes loix, cela prouve que l'on n'eft
également jufte nulle part. Chaque petit Bourg en Allemagne a fes offices
de judicature en propre, des loix interpretées tour à tour par des aftrolo-
gues ou par des valets. L'Empereur d'aujourd'hui rend fes décifions à la
lettre, et les Princes imitateurs de fon pouvoir font juftes à fon exemple. Le
Sauvage d'Otahiti arrivé à Paris, informé que chaque quartier avoit fon
Commiffaire, croyoit que chaque délit devoit avoir fa rue propre: il deman-
deroit de combien de manieres on fait juftice à Vienne? Sa Majefté Impériale en aboliffant la queftion dans fes Etats, vient de donner un nouvel exemple de l'amour pour fes peuples, l'innocent triomphe et le témoignage
de la félicité publique, bien fenti, guida les arrêts immortels du Monarque
pour le bonheur des hommes. Le trifte appareil de voir mettre un malfaiteur à mort, tend l'efprit de noir, et le fage évite ce fpectacle. Les loix
parmi nous, ne peuvent pour ainfi dire être fatisfaites qu'en forçant les
hommes à devenir les Bourreaux de leur efpece. La joie qui regne affez
partout dans la populace, me force à croire, que cette fcène ne fert qu'à
la familiarifer avec le fang. Je fens d'un autre côté, et je ne puis me cacher,
qu'il faut arrêter la méchanceté naturelle des hommes nés avec un penchant
deftructeur; mais les mêmes hommes, à la paffion desquels il faut un frein,
ne devroient être châtiés que fous des réftrictions équilibrées. Les hommes
font méchants, dit Rouffeau, l'homme ne l'eft pas: écoutez la voix du philofophe de l'humanité, élevez Vos peuples, corrigez Vos loix, perpetuez
les fciences, et Vous détruirez les forfaits, dans les cas furtout où il s'agira de
frapper: puniffez l'individu mais refpectez en l'efpece. O mon Isle fortu-
née! ma Secte paifible! que Vous me raccommodériez avec l'efpèce humaine, fi je pouvois Vous réalifer. Heureux de penfer, étudions moins, re-
fléchiffons plutôt, nous rédrefferons par là bien des abus dont la réforme

eft

eſt dans nos coeurs.   C'eſt notre ſecret, que le tems devoilera ſous des Rois éclairés. (*)

Juſtice calculée.

Par le triangle mathématique on méſure l'étendue des corps; par le triangle métaphyſique on pourroit méſurer, eſtimer, diviſer l'étendue des eſprits, des ſentimens et des connoiſſances.   Il y a autant de façons de rendre juſtice qu'il y a des pais, où on a droit ſur la vie et ſur les biens des hommes.   Ce qui eſt juſte dans un endroit devient un point de géographie dans l'autre, et ces contradictions ménent le plus ſouvent à des inconſéquences qui arrêtent les voies de l'humanité, une et ſeule dans tous les lieux du monde à la fois.   Je Vous parlerai d'une nouvelle maniere de rendre juſtice, mon cher * * * qui a donné lieu à cette longue digreſſion.   J'aſſiſtai à une ſéance juridique, pas ſans admirer l'intégrité des juges; l'homme condamné convint de la meilleure grace du monde, qu'il méritoit ſa défaite: il félicita ſon adverſaire, et recompenſa l'aréopage.

Toutes les ſciences ont une Chorographie, un deſſein noté; ne pourroit-on pas inventer un nouveau code clair et infaillible, mais ſingulier dans ſon entente, par le ſeul moyen de l'algébre?

L'autenticité d'un fait équivaudroit à une progreſſion graduée à des féries aliquotes, mais ſtables et connues: la jurisprudence feroit l'art de faire la découverte d'une équation, de la décompoſer, de pluſieurs en faire une, de les raccourcir, de donner aux réſultats l'entente la plus vraie et les ſolutions les plus juſtes: les lignes courbes, feroient corps d'accuſation, l'exacte équité feroit deſignée par une ligne, determinée, connue, l'extrême injuſtice par un cercle de 360. degrés.

L'aſpect

(*) Un Seigneur Hongrois fit marquer d'un fer chaud et aux deux joues les braconiers faiſis dans les forêts.

L'afpect d'une ligne nivellée ameneroit néceffairement une idée de droiture, de je ne fais quoi de jufte; ç'eft d'après ce fantôme d'une ligne pareille que les rocs font percés, que les obftacles, en tout genre font levés avec fuccès.

Attachons-nous à cette idée, elle eft haute et fublime; fuppofons qu'une action intentée contre un criminel, dût prouver à la mort; il faudroit que les différens degrés de la ligne probatoire fuffent comme 50 à 49. quelques degrés de plus ou de moins décideroient du genre de fupplice. ... Ce projet feroit d'autant plus adoptable en Angleterre que les loix y font pûrement litterales: chaque crime deviendroit une affaire de calcul fuivant la méfure des griefs: et tout calculateur deviendroit fon propre juge.

Jean Hopp hardi voleur, arrête fur le grand chemin le piftolet à la main, un voyageur qui porte une valife; cela repond à une ligne de 100 pouces. Mais ce piftolet n'étoit point chargé; la ligne n'eft plus que de 90. L'affailli ne s'eft point défendu; c'eft la réduire à 50. Entrez dans une Taverne, Jean Hopp y paye chopine à l'homme, qu'il avoit attaqué: ils ont bû enfemble, s'y font feparés fans bruit; le grief n'eft plus que de 6 pouces. Mais Jean Hopp a violé la fureté publique.... dès lors la ligne ne peutêtre décompofée; Hopp eft condamné aux travaux publics. Ne tuons point ceux que nous pouvons rendre meilleurs, créons une école où les malfaiteurs, ramenés à la vertu par de bons raifonnemens, foient rendus à l'état de citoyen, duquel aucune loi ne peut écarter ceux qui en rempliffent les devoirs. C'eft dans des cas femblables que l'on reconnoîtroit l'efprit de nos difcoureurs; convaincre un homme endurci dans le crime, feroit le chefd'oeuvre de la morale. Adieu! je n'ai d'autre nouvelle à Vous dire. A quelle diftance eft la ligne de notre amitié reciproque? car nous nous en devons, mes chers Seigneurs.

· La

✤

La Logique naturelle conduit plus que toute autre règle à la connoiſſance du vrai. C'eſt de la Logique non étudiée que je parle, l'homme des champs l'apprend et l'enſeigne à ſa famille. *Le criterium veritatis*, combattu par Anacharſis, a donné lieu aux différens jeux d'eſprit de la Logique d'école, c'eſt de là qu'on l'appelle le menſonge ſoutenu. La Logique du Pyrate *Realis* de Vienne, met l'origine de cette ſcience à la chute de l'homme, il appelle Ariſtote *Legatum humani generis hoſtem*, Embaſſadeur du diable.

Le Prince qui defendroit la Logique dans les écoles, auroit acquis un nouveau joyau à ſa couronne: que Dieu perde cette Logique et tous les partiſans, continue Realis, c'eſt maudire ſes enfans et aſſaſſiner les gendres.

✤

La Logique (*).

La Logique n'a pas de plus belle prérogative. Pour un eſprit un oeil et une jambe de travers, il n'y a ni Logique, ni chirurgie ni art oculaire. La Logique donc ne fera point paroître droites des images repréſentées de travers: et ſi par un bonheur, ou une organiſation rare, les idées ſont droites

tes

(*) Dit la Mettrie dans ſa Pénélope, article Logique, n'eſt point l'art de penſer ni de raiſonner juſte. Mrs. de Port Royal ont ridiculement donné ce premier titre à leur Logique. Nous ne ſommes point les maîtres de nous procurer nos penſées, elles viennent de je ne ſais où, ou je ne ſais quel endroit du cerveau, et je ne ſais comment; tant je ſuis grand Métaphyſicien. Un homme qui avoit l'eſprit faux, étudioit diſoit-il la géométrie pour apprendre à raiſonner juſte. L'Abbé Terraſſon à qui il parloit, lui fit cette reponſe célèbre, que j'ai dejà citée moi-même, la Géometrie ne rédreſſe que les eſprits droits.

tes et juftes, il y auroit encore plus de bonheur, fi la chicane de cet art ne les fauffe, ou ne les plie en quelque forte. De là vient que la fcholafti-que eft aujourd'hui dans le dernier mépris, elle ne quitte plus fon élément, la pedantérie, qui feule fe fait gloire de la favoir.

La Logique des Champs.

Eft fimple et vraie : l'agronome, le jardinier, l'arpenteur, en appelle de tout au fens commun. S'il pleut aujourd'hui, il fera beau démain; ma fille eft nubile, il faut lui donner un mari; mon fils montre de bonnes dis-pofitions, j'en ferai un homme utile. La vie civile fuffit pour lui faire difcerner les chofes en gros et comme d'un coup d'oeil.

Logique Politique.

L'attention, la pénétration naturelle, ce coup d'oeil vif et perçant qu'on remarque dans les efprits fupérieurs, débrouillent vite le péloton d'un Sophifme, où fe prennent et s'embrouillent tous ces pedans et ces piés poudreux de nos écoles.

Logique des faits et du tems.

Pour un Politique, c'eft l'ambition; pour les Bonzes, c'eft l'erreur; pour la femme c'eft le plaifir, qui eft le feul bien réél, qu'un honnéte homme ait dans le monde On jouit fans égard aux règles du Syllogifme : recourir à la Logique alors, c'eft contrevenir aux loix de cette ridicule et folle fcience.

Rhétorique.

L'éloquence eft le plus beau préfent de la nature; mais pour faire voir l'inutilité d'un art qu'enfeigne la Rhétorique, il fuffiroit, je crois, de fe

tran-

tranfporter en idée chez un peuple étranger dont on ignoreroit la langue, ou ce qui revient presqu'au même, on pourroit employer un homme qui s'intéreffant à l'ufage des fons articulés, tacheroit de s'exprimer par geftes. Appollonius de Thiane appaifa une émeute à Afpendus en hauffant la main. Cet énergique langage eft perdu, et le filence de Pythagore eut pû avancer l'étude de la fageffe, fi ce Philofophe eut ajouté à fa défenfe de parler des régles certaines fur le langage des geftes. Trafibule et Tarquin coupant des têtes de pavôts, Alexandre appliquant fon fceau fur la bouche de fon favori, Diogène marchant devant Zenon, n'avoient point là le beau livre de la *Perfuafion Rhétorique du pere Pafliraquelli.*

Epaminondas à la Bataille de Mantinée eft percé d'un trait mortel, les médecins declarent qu'il expirera dès qu'on arrachera le trait de fon corps; il démande où eft fon bouclier? c'étoit un deshonneur de le perdre dans le combat: on le lui apporte, il arrache le trait lui-même; cet action feule renferme tout ce que la Logique contient de vrai et la Rhétorique de plus fublime.

Si ce n'eft que nous fommes fouvent dans le cas de l'Hybernois, difant: *verum eft, contra fic argumentor,* la chofe eft vrai, j'argumente contre.

Les Philofophes anciens ont feuls le droit de dire aujourd'hui la vérité fans allarmer notre orgueil. C'eft que la diftance qu'il y a de leur tems au notre, ne choque perfonne. Leur doctrine et leur morale n'étant point dans nos moeurs, ne laiffent dans nos ames, ni reffentiment, ni chagrin; nous nous contentons de favoir que leurs leçons font admirables: épithète

com-

commode, appliqué aux nouveautés du fiècle, aux panaches, aux coëf-
fures, aux difeurs de rien, aux fages de la Grèce et aux magots. Quant
aux philofophes modernes dans l'acception triviale du mot, ce n'eft plus
des hommes qui aiment la fageffe et qui s'en occupent, mais des hommes
qui fe moquent des fages, et qui mettent la vérité au rang des heureufes
chimères.   Minerve couvre fes épaules d'un égide terrible d'où pendent
cent houppes d'or, que la terreur, la difcorde, les attaques, les pourfuites,
le carnage et la mort fe difputent avec fureur: c'eft l'image des monftres
de la fageffe; ombre de Voltaire! fais en des hommes, donnes leur l'exemple de ton génie.   Remettons au lendemain une nouvelle ftation de mon
Arlequin philofophe.

Quid alat formetque Poëtam.

(Il prend Sergis par le bras, s'enfuit, tire fa bourfe et la montre à Sergis
en difant:)

Voici ce qu'un Saint perfonnage (*) appelle *Inftrumentum neceffitatis*:
payons le caffé et fortons de cette cohuë.

Digreffion.

Un momento di Fiemma miei riveriti fignori: glanons, s'il fe peut fur
cet uftencil neceffaire aux Rois et au Philofophe. *Colla licenza del Sereniffi-
mo Senato* que ces inftrumens mêmes fervent à notre appetit; midi va fon-
ner, une fleur n'eft que fleur pour le papillon, pour l'abeille: c'eft
un riche patrimoine, dit un Auteur françois. Le Quadrans, *mici fignori*, fut
la quatrième partie d'une monnoye Romaine, qui fuffifoit pour les Bains
publics.   Sénéque nomme ces Bains: Rem quadrantariam . . . ou comme
nous dirions les Bains d'un fol. On faifoit du tems de Polybe un bon repas
pour

(*) St. Auguftin.

pour un denier. Ne Vous laiſſez pas ſéduire cependant par le bon marché, en Vous écriant à Votre ordinaire: Quels Romains! ſuivez plutôt Mr. le Blanc dans ſon calcul de monnoyes, où le ſol d'argent évalué ſous Philippe Auguſte à 23. ou 24. grains, vaudroit aujourd'hui 3. livres 15. ſous. Les Romains comme les Anglois, mépriſoient tout ce qui étoit à bon marché, mais c'étoit autrefois. Si les Princes s'accordoient entre eux, la monnoye nouvelle de chaque Etat conſiſteroit en fleurs; un prix idéal attaché au plus lourd des métaux, à l'or, ſeroit remplacé par l'honneur de nos jardins: la varieté aſſignée aux brillantes panaches de la nature équivaudroit aux Ducats, aux Louis, au Billon. Il eſt dejà des fleurs qui par leur rareté, ſurpaſſent tous les métaux de prix; l'induſtrie y gagneroit: chaque pere de famille ſemeroit ſa petite monnoye, ſes Bluettes, ſes Violettes, ſes Marguerittes, ſes Muguets, ſes Soucis et ſes Pavots: les Princes recompenſeroient par des Impériales, par des Lys, des Tourneſols, des Tubereuſes les ſervices de leurs ſujets, qu'ils ſont ſouvent hors d'état de payer par de l'or: ce ſeroit de vraies fleurs de Banque. *Hoc erat in votis.*

Cinquième Journée.

STATION I.

Adepte.

Varron, Sorcatutus, Rodiginus diſent qu'or et charité ſont ſynonimes; *qui nunc te fruitur credulus aurea,* dit Horace!

Les faiſeurs de Dictionnaire ont tous gaté les mots. Les homonymes ont diſparus depuis que l'on ſépare le ſentiment de la parole. Je me vis accoſté par

un

un fantôme qui n'avoit de l'homme que la figure, et qui me demanda un via-
ticum en latin. Ne Vous fcandalifez pas de voir gueuferun petit collet, les
habits ne dénotent aucune idée fixe ; un même titre fe rapporte à plufieurs
vêtemens differens, le titre de Roi de la Sève eft au Magiftrat laïque de Gènes
nommé l'Abbé du Peuple. Wenceslas Roi de Bohême appelloit le bourreau
fon parain, le premier Cocher du Roi de Naples eft Duc ; tel homme n'eft
connu à aucun titre, tel autre en a plus d'un, et Milord Chefterfield dit quelque part, qu'on avoit vu manquer une négotiation auprès d'un Prince
d'Allemagne, parceque de vingt de fes titres, l'embaffadeur ne s'étoit fouve-
nu que de fept. Or je parle peu le latin, dis-je au difconreur étudié, dites-
moi cependant, à quelle efpece tenez-Vous Monfieur le voyageur ? et je
conviendrai avec Vous qu'il y a autant de claffes d'hommes que de quadru-
pèdes. Je fuis petit fils de Jean Joachim Becher, fut fa reponfe, *Becheri*
qui cum omnia fua Chryfopaeia, qua fummos, imos, medioxumos jaĉtaverat, fa-
fcinaverat, emunxerat, in pandochio five Xenodochio Londini mifer, fqualidus
pauper mortuus indigno fato.

Je faluai le Sieur Jean de mon chapeau, en le priant d'accepter la pièce fonnante qui m'étoit venue fous la main, il faut rendre meilleur le pauvre
qu'on foulage, et j'y ajoutois une épifode. Mourez, lui dis-je à Londres ou à
Pekin; tachez cependant que ce foit plutôt dans un bon lit que fur le pavé.

La Siléfie eft en apparence le fiège de l'efprit; ceux qui y poffedent des
biens en ont néceffairement beaucoup; la particule Witz, efprit en francois, terminant la pluspart les noms, eft comme des terres de ce Diftriĉt.

Peterwitz, efprit de Pierre. Strachwitz, efprit de Strach ; Parch-
witz, efprit de Parch etc. bien des gens y ont beaucoup de Witz et point d'e-
fprit du tout.

Ce

Ce n'eſt point jaſer avec eſprit diſois-je à un enfant qui me parloit
ſans faire attention à ce qu'il diſoit. Pardonnez-moi, Monſieur, fut ſa reponſe, ne m'avez-Vous pas dit que Voltaire avoit de l'eſprit que M ... M.
en avoit eu, et moi j'en aurai. Chaque eſprit a ſa ſignification particuliere;
il eſt difficile encore de donner au mot d'eſprit la même acception qu'on lui
départ dans les Synonymes de l'Abbé Girard; cela prouveroit-il qu'il faudroit avoir de l'eſprit ſans le ſavoir ?

✣

Station II.

Une boutique de Caffé.

Sergis.

(une gazette à la main.)

L'heure des gazettes eſt l'heure de la verité: car à bien prendre, le menſonge n'eſt qu'une Chimère ; tout eſt vrai ou vraiſemblable, la maniere
de préſenter les choſes décide de leur accueil.

Je me ſoucie auſſi peu des évenemens de mon Siècle, que de ceux de
mon pays, je ne lis point de gazette, je mange ma ſoupe au lait ſans m'inquieter ſi le Chef de la Romanie ſe trompe à Sophia ou à Rome, ſi celui de
la Romagne eſt infallible à Ravenne ou à Stamboul. Je m'en tiens à ce que
de jolies péchereſſes m'inſpirent, c'eſt ma gazette depuis vingt ans, je n'en
manque pas une ſeule. Au demeurant la verité eſt ce qui eſt, ce que l'on
peut aſſurer qui exiſte ; cette definition ſuccinte et naturelle eſt ſans doute
plus juſte que celle que donne Zorobabel, en diſant, la vérité eſt la plus
forte choſe du monde: Arlequin Maréchal ferrant dit, que c'eſt ſon enclume.

Quatre

Quatre efpeces dit Cicéron, les enfans, les efclaves, les femmes et les amans, font inclinés à manquer à la vérité; (les devots indifcrets mentent, par charité en faveur des faints qu'ils aiment). Les premiers ne font crus que s'ils pleurent: les feconds quand ils meurent, et les derniers par leurs fermens. Qui efpere beaucoup, croit et n'eft crû fur rien. Le faux ami de la vérité, c'eft le menfonge; mais un ennemi plus dangereux, c'eft l'évidence, „qui n'eft point, dit l'Evêque d'Avranches, une marque certaine de „connoître la vérité, puifqu'elle convient au fophifme, et que le hazard la „fait naître, " Jamais perfonne n'eft entré deux fois dans le même fleuve dit Héraclite. Cratyle dit mieux, qu'on ne peut y entrer feulement une fois. La vérité change avec les circonftances et avec les hommes. Les andabattes, efpèce de gladiateurs, combattoient avec un réfeau fur les yeux. C'eft l'affaut que fe donne avant l'aurore la vérité et fon fantôme: on voit naître les beaux jours qu'obfcureit le menfonge dans les tems mêmes où l'humanité s'aveugle. Malheur à ceux à qui tu confens! dis *non* belle menteufe! et je te devrai mon bonheur.

C'eft ainfi qu'Amphiaraus, mort pour quelques uns, reffufcita pour d'autres, et que Pombal coupable pour la moitié d'un peuple devoit comme tout fondateur être la victime de l'autre moitié: entendons-nous. (*)

Earle.

(*) Refpectons la vérité, fufpendons notre jugement, c'eft le mieux. Mr. Nicole fait dire à Xéniade „il y a du faux partout, une fauffe valeur, une „fauffe honnêteté, une fauffe liberalité, une fauffe galanterie, une fauffe „éloquence, une fauffe raillerie, de faux agrémens: il faut y regarder de „bien près, pour ne pas prendre l'un pour l'autre, et il eft fort difficile „qu'on ne s'y méprenne, quand on ne fait que fuivre le fentiment de la mul„titude. C'eft dans ce fens que l'on peut dire, la fincerité eft la plus folle „des vertus, et la fauffeté la plus néceffaire de tous les vices. "

Earle.

Pauvre humanité, ne fera tu jamais chauffée que par des philofophes.

✶

L e t t r e.

Superſtition.

Les femmes qui naturellement craignent tout ce qui eſt extraordinaire, dit Strabon, ont été les premieres qui euſſent mis les comêtes en mou‧vement; elles ſe flattent de nos tems que Dieu leur a impoſé mille petits devoirs, pour le ſimple plaiſir d'y manquer.

> Par elle la terreur dans des retraites ſombres
> Vit en tremblant des corps, qu'elle prit pour des ombres;
> Et des fantomes vains peuplant l'air et les cieux,
> Fit une vérité de l'erreur de nos yeux.

Les anciens Germains crurent par tradition que l'arc en ciel étoit un pont qui touchoit de l'extrémité de la terre aux portes du ciel, dont les ar‧ches ne devoient être briſés qu'à la fin du monde; c'étoit un vrai pont de parade. On ſe plait encore à donner aux enfans des peurs qui ébranlent leur frêle cerveau; on leur barre les recherches qu'ils pourroient être en état de faire dans l'Océan de la vérité. C'eſt aux Souverains à faire main baſſe ſur cette hydre renaiſſante, en perfectionnant l'éducation des femmes par des préceptes et de bons livres.

✶

Toutes les vertus morales ſont à la ſimple connoiſſance de l'homme, tandis que les vices oppoſés aux vertus tiennent à l'identité même de notre eſpèce.

L'inju‑

L'injuſtice eſt dans le coeur de l'homme, le cerveau eſt le ſiège de la folie, l'impuiſſance tient aux organes, la convoitiſe eſt dans nos reins, et l'erreur faſcine nos eſprits. Rien n'avance plus les progrès de la ſuperſtition que le peu d'attention que l'on fait aux pratiques ſérieuſes de la vraie réligion: parlez dans bien des pays ſans la moindre crainte d'être repris ni en particulier ni en public; dites que Junon eſt Dieu ou déeſſe, aſſurez tout haut que Vous n'avez point levé la robe de Minerve pour ſavoir ſi elle étoit mâle ou femelle; n'attaquez point les cérémonies, et Vous paroîtrez n'avoir rien dit.

Quando ſi tratta di Religione (dit le Cardinal de Fieſque) *potremo tra di noi pigliar un poco di confidenza; ma quando ſi tratta di ceremonie .... oime biſogna far ſchiavi* (*).

*   *   *

Earle.

Les Epicuriens cherchent le bonheur dans le plaiſir, et la conviction dans les ſens, ils veulent que le philoſophe s'abandonne à la nature, qu'il goute le repos et le plaiſir, qu'il s'attache à la volupté et qu'il faſſe ſervir tous les points aux progrès de la vertu. Voici le racourci des principes d'Epicure d'après un grand peintre, Mr. Hume „pourquoi le funeſte poiſon des „reflexions corrompt-il les plaiſirs dans leur ſource, dans ce centre de la vie „et de la volupté, qui n'eſt acceſſible qu'à l'amour ? non non, ſongez plu-
„tôt

(*) Le peuple en Bavière eſt d'une crédulité ſtupide ; un Théologien d'Ingolſtadt rencontra un élu de la Capitale. Monſieur, lui dit-il, on m'avoit dit que Vous étiez mort — On Vous a mal dit — Je ne Vous le diſpute pas, mais le Profeſſeur N. m'avoit aſſuré que Vous ne viviez plus, et les Profeſſeurs ne mentent jamais en public. Adieu.

„tôt que fi la vie s'enfuit, fi la jeuneffe n'eft qu'une fleur auffitôt épanouie „que fletrie, il faut d'autant plus faifir l'inftant où nous la poffedons, en „faire un bon ufage et ne perdre aucune parcelle d'une exiftence fugitive.

„Encore quelques moments et tout eft fini, et dans peu nous ferons „comme fi nous n'avions jamais été, notre mémoire fera effacée de deffus „la terre, et nous ne trouverons pas même un azyle dans le fejour des om- „bres dans la Région fabuleufe des manes : alors periront avec nous, et „dans le même clin d'oeil nos fteriles fpeculations, nos vaftes projets, nos „inquiétudes inutiles, alors — nous et tout ce qui eft en nous, fera englouti „dans la nuit éternelle du Tombeau.

* * *

Sergis.

Me voici à une époque mémorable pour la philofophie, à une des cir- conftances les plus flatteufes aux progrès de l'efprit humain.

Il me femble que la Providence ait en quelque forte fufcité Socrate pour faire entrevoir aux hommes, quelques rayons de vérité, qui peuvent le plus efficacement contribuer à leur perfection, et à leur bonheur.

Pyrrhon ancien dépofitaire de l'augufte vérité! toi de qui le fage em- prunte fa magie, qui fans la moindre teinture des lettres, auffi fimple que la nature, ne rougiffoit point de paffer pour ignorant: éleves ta voix de l'aby- me de l'inertie, demande aux hommes ce qu'ils favent; ils te diront tous que la vérité devoit arriver tard, parcequ'elle avoit le tems pour guide, et que tu ne l'as point devancé.

Earle.

Il n'y a de vérité propre que dans les arts; chaque outil, chaque in- ftrument la demontre : l'art de donner à la vertu un tour vraiment original,

Q

ne

ne tient point aux méchaniques; malheur à ceux qui oppofent à Pithagore et à Platon un vernilleur de Paris ou quelque charron de . . .

✽

Sixième Journée.

STATION I.

Earle.
(dans fon attelier.)

Caverne de Schwarzfeld.

L'attelier le plus complet du peintre eft la nature : on fe gliffe dans une caverne pour fe mettre à l'abri de l'ardeur du Soleil ou de l'intemperie des frimats, mais l'Artifte y trouve une carriere intariffable pour fon art; la terre devient pour lui ce que les fouilles de Pompea et d'Herculane font pour les arts mêmes, fon attelier eft tout formé ; il ne s'agit que de faifir la pallet-te et peindre. Mais contre les maux qui affeȼtent l'ame, il n'eft d'autre ré-fuge que le grand air, il faut voyager ou mourir.

Voyez au païs d'Hannovre, la caverne de Schwarzfeld, crue miracu-leufe parcequ'on y trouve des offemens d'hommes ignorés, qui n'ont le pouvoir d'étonner qu'après leur mort ! Leibnitz dans fa Protogée, nous en donne une defcription plus naturelle et plus à l'honneur des connoiffances.

Cette caverne s'appelle aujourd'hui la grotte des Pigmées, elle ne fem-ble creufée dans le roc que pour y loger des Nains. Un homme de la taille moyenne, y rampe avec peine; l'entrée de la cavité fe rétrecit impercepti-blement, s'élargit et fe rehauffe à mefure que l'on avance. Les Stalaȼtiques de la nature de celles que l'on voit dans tous les fouterains, qui fervent à for-

mer

mer des substances terreuses, y couvrent des filets d'Amiante peu cueillis, et qui serviroient à filer, à ourdir du papier et des toiles incombustibles: secret dans son enfance encore, parcequ'on néglige de parvenir à la vraie maniere de travailler ce fossile et de fixer au siècle présent le récouvrement d'un art que nous pousserions peut-être plus loin, vû la perspicacité de nos manufacturiers, qui se perfectionnent de jour en jour. L'art ingénieux de filer l'amiante n'a jamais été au reste plus loin qu'à des essais, malgré la vogue que la docte antiquité donne à ce fossile : Pline dit que même de son tems il étoit rare de voir des toiles de cette plante fossile. Neron par très-grande rareté n'en avoit qu'une serviette. Les négligences ne sont pardonnables que dans le discours, elles en rélèvent les beautés et les font paroître avec plus d'éclat; il n'en est pas ainsi dans les recherches des arts, la moindre négligence y est une faute, arrête, et devient un obstacle à l'achevement d'un grand dessein.

Les Osteolites que l'on trouve dans ces montagnes, recoivent le poli, et je possede, ainsi que plusieurs de ceux qui ont visité ces grottes, des tablettes unies et un pommeau de canne que l'on prendroit pour de l'ivoire — Il y a différentes conjectures sur les excavations de ce grand creux souterrain, la plus probable est le secret de la nature qui nos decouvre rarement la source de son travail.

2.

Quelques jours après, nous fumes près de la fameuse caverne de Baumann sur laquelle on a tant deraisonné. Elle est à la partie du Sud de Wolffenbuttel à peu de distance de Goslar et de Blankenbourg, au bas d'une très-petite montagne.

La découverte de cette grotte est due selon Leibniz à Baumann qui y entra pour exploiter une mine de fer, en gravissant sur la coline: on y de-

Q 2   couvre

couvre le trou de la grotte, dans laquelle on defcend moyennant une échelle : cinq grandes voutes auxquelles de petits Coridors detournés conduifent, furprennent l'oeil du naturalifte.   L'imagination y eft tellement deroutée, que l'on croit y decouvrir des figures d'hommes, d'animaux, des ftatues, des tableaux, une Mofaique, force ftalaĉtiques et des colonnes qui donnent un fon d'airain en heurtant contre.

L'echo eft un des plus retentiffants connus, un coup de piftolet eft repeté plus de dix fois.

3.

Un jeune homme du pays me fit voir au travers un Polyedre fur un des parois de la grotte, un Perroquet qui paroiffoit fait au pinceau.

Je le priois d'effayer fon verre fur d'autres objets, mais nous ne pûmes y decouvrir aucune regularité fi Vous en exceptez un carreau de vitre, qui parût couvert de glace et que je pris pour un de ces phenomènes que l'on voit aux fenêtres en hiver, ce n'étoit que des Stalaĉtites : je réüffis à en detacher un petit carreau qui fe ternit à l'air et qui perdit fes belles nuances. Plufieurs defcriptions de cette grotte en difent plus fans en dire davantage : le témoignage de Leibniz eft toujours encore le plus plaufible, le plus conforme à la marche de la nature.

4.

Une autre Grotte eft celle de Lipold près de Brunkenhaufen dans le pays de Wolffenbuttel, c'étoit anciennement une Repaire de Voleurs, on y voit des chambres, des cuifines, des Salles qui même aujourd'hui reffemblent à des écuries.

5.

Bufterich, l'Idole des Saxons n'eft point à Helmftadt, Vous le retrouverez au chateau de Sondershaufen dans la Principauté de Shwarzbourg.

Cette

Cette divinité Teutone faite de bronze, a environ trois pieds de haut, quatre d'envergure; elle eft creufe en dédans, percée au haut de la tête et à la
bouche; on en remplit le corps avec de l'eau en fermant exactement les
deux ouvertures par des bouchons de liège. Cette figure placée fur un brazier
bien attifé, fue, bourdonne, chaffe les bouchons avec fracas, effraie les fpectateurs : cela fait croire que des impofteurs s'en étoient fervis autrefois
pour jetter l'épouvante parmi le peuple.   Bufterich ou Biftrich repréfente
un enfant d'environ dix ans, dont le régard paroit égaré, fa main droite eft
pofée fur la tête et la gauche fur fa cuiffe.

✢

Lettre.

Pierres d'Hirondelles.

I.

Quand dans la nuit la plus noire, fur un marbre noir, une fourmie noire
marcheroit fur cette pierre, Dieu la verroit.

Bibl. or. d'Herbelot.

Les pyrites que l'on trouve en Saxe, portent l'empreinte de quelque
animal ou de quelques unes de fes parties, et ont leur caufe primordiale dans
les débordemens des grands fleuves, dans l'éboulement des terres, ou dans
quelque autre révolution interne du globe; de là les parties végétales ou
animales engravées fur de la pierre encore molle, qui à la fuite du tems s'eft
endurcie, en confervant l'empreinte de l'animal qu'un torrent avoit fub-
mergé. Telle eft la pierre d'Hirondelle de Quand-Zund à la Chine qui porte
fur une des fuperficies le devant d'hirondelle et de l'autre côté le dos et les
ailes de l'animal.

Q 3   Les

Les concrétions que Mr. Nourſe fit voir à pluſieurs curieux à Livourne, étoient de la nature de celles que je viens de décrire; il fournit à des curieux autant d'empreintes qu'ils deſireront. Encouragé par l'extrême facilité, de pénetrer dans cette carriere, je tachois d'être inſtruit du lieu où ſe trouvoient ces ſinguliers foſſiles: je ſus que Nourſe étoit lui même le Deucalion de ces empreintes; l'argyle pétri avec du ſable fin, de la matière de la glaiſe, devint dans ſes mains un foſſile d'un nouveau genre; tous les monceaux ſechés au feu réparurent en moins de deux heures, methamorphoſés en briques.

J'ai conſervé avec quelque ſoin deux de ces Lithomorphites où l'hirondelle ſe trouvoit exprimée au naturel: tout l'animal paroiſſoit avoir communiqué à la ſuperficie de la pierre, le rouſſi de ſon plumage, l'action plus ou moins vive du feu, varioit à l'infini; la bigarure des empreintes, et la transfiguration de ces pierres en oiſeaux, enfanta des réflexions étrangeres au ſujet, plus congrues au moins. On diſſerta ſur ce que les hirondelles dévenoient l'Hiver, et l'on finit par faire des contes. Un moine dit Paulini dans ſes recréations philoſophiques, avoit nourris pluſieurs années une hirondelle dans ſa cellule; la voyant inquiète vers l'automne, il l'abandonna au vol, après avoir attaché à une des pattes de cet oiſeau un petit billet de parchemin avec les mots *ubi hiemaſti* .... où es tu reſtée l'hiver? l'hirondelle revint le printems d'enſuite, le moine fût à l'enquête de ſon billet et trouva une cédule pareille avec la reponſe: *in India in domo ſutoris,* aux Indes dans la maiſon d'un Cordonnier.

Le commun des hommes eſt tant enclin à la nouveauté, que je ne ſerois pas éloigné de croire que l'eſprit de ſingularité, s'il pouvoit avoir ſes bornes, approcheroit fort de la raiſon, et tiendroit lieu de quelque certitude, s'il en étoit parmi les hommes. *Reineſius* parle dans une lettre à
Daumius

Daumius que les femmes (il ne dit pas de quel tems) oignoient et couron-
noient les hirondelles, leurs attachoient des quipos aux pieds, en les abandonnant à l'air. Seroit ce ici le lieu de citer en faveur des Prognés du siècle
le passage d'Horace? *Infelix avis — Regum est ulta libidines.* Le présti-
giateur Comus surprit tout Paris par un jeu qu'il appella le tour de l'hirondelle; il pria les spectateurs de cacheter de leurs armes la queue d'une hirondelle, qu'il abandonna à l'air, aux yeux des spectateurs. Peu après un
domestique rapporta la même hirondelle sortie de la fenêtre, et reconnue
pour être celle qui avoit été marquée et tachée de la maniere que je viens
de dire. Comus savoit un nid d'où étoit prise l'hirondelle sortie de ses
mains, elle regagna ce nid d'où il étoit facile de la retirer à volonté toujours.

2.

La Silésie est le païs de pierres coloriées, des Topazes, des Etites &c.
Iris se trouvant grosse en venant au monde, seroit-elle accouchée en Silésie
du Dieu Arueris.

Le regne animal a peut-être ses etites comme le regne végétal, cette
supposition seule ramene à la fable du fils d'Isis et d'Osiris, dans ces
contrées.

Il y a des Ethites ou Etites transparentes, renfermant des gouttes d'eau
roulantes, qui disparoissent au bout du tems. J'ai porté près d'un an une
Etite pareille au doigt, la goutte d'eau qu'elle contenoit, diminuoit pour
ainsi dire à chaque Lune, elle disparût entièrement en quatorze mois,
Kundmann et Lesser parlent d'un Astacolite qui ressemble parfaitement à ce
qui fait les Reines et les Rois. Deux temoins dans leur état de vigueur fai-
soient naître le doute, à quel regne appartenoient ces trophées d'histoire
naturelle: les anciens trop crédules naturalistes, prétendoient y avoir re-
connu

connu la vertu de faire pondre la femelle de l'aigle, de faire accoucher les femmes et d'empêcher l'avortement. On cherchoit les pierres dans les nids des aigles pour l'ordinaire ferrugineufes, elles renferment quelques petits grais mobiles, qui frappant contre les parois de la cavité donnent un fon affez diftinct, on pourroit les croire enceintes ... accouchent elles?

Il feroit peut-être à propos de ne pas s'oppofer à la confiance qu'auroient les meres en ces foffiles: l'erreur devient quelque fois néceffaire, l'imagination frappée à tems, opere des effets auxquels le raifonnement fe refufe quelquefois, et jamais plus à l'avantage de l'homme qu'à l'inftant même où il acquiert la faculté de fe tromper. Il ne s'agit que du moment, et dans les accouchemens difficiles, c'eft l'heure de s'en faifir. On trouve autour de Warmbad quantité de pierres qui renferment des pièces monnoyées d'or ou d'argent: jeux d'illufion dûs à l'induftrie de ceux qui s'occupent d'induftrie. Les Ethites comme les dez de Bade en Suiffe font très certainement factices. Un marchand Flamand préfenta à Paris de grands morceaux d'agathe pareilles à plufieurs perfonnes avides d'y recueillir l'or qui y paroiffoit renfermé. On paya cher ces Sortes de minieres illufoires, plufieurs avares en cafferent, et fe trouvoient dans le cas du chien de la fable. Le Louis qui paroiffoit y être devint à rien, et l'homme qui avoit debité ce faux or contre du bon, s'applaudit d'avoir trompé des avares.

Proxime plura.

3.

J'ai cueilli fur le Riefenberg ou Montagne des Géans, des pierres de Vitriol dont on fait des encriers en Angleterre, et qu'on imite en France avec du Vitriol en pondre, paitri dans de l'eau gommée, fechées au four, doublées par d'autres boetes de noix de galle, d'égale épaiffeur: on en fait ufage

en

en y verfant de l'eau, qui ne tarde pas à colorer et à donner une encre propre à écrire pour peu que les ingrédiens foient d'une bonne efpece.   Des
payfans me préfenterent de pierres de dragées . . . . qui imitent des dragées confites de la même efpece que Mr. de Baumart décrit (*Dict. d H. N.*
p. 610.) . Martial dit que l'air de Tivoli rendoit à l'ivoire fa pureté et fa blancheur.   Silvius confirme cette affertion par ces vers: *Quale micat femperquè*
novum eft quod Tyburis aura pafcit ebur.

. L'air feroit-il la feule caufe du blanchiment de ces congélations lapidi-
fiques ? Sur les mêmes Montagnes il y a des pierres de coq ou pierres éle-
ctoriennes.   Pierres canelées et rougeatres qui fe vendent fort cher en
Efpagne et dans l'Inde: des Charlatans parcourent les Provinces pour les
offrir à ceux auxquels le nom d'époux n'en donne point la réalité.   Sur les
mêmes Montagnes, il y a des pierres d'arithmétique, pierres d'Alphabet
etc. Le pere Torrubia fécond à trouver des rapports d'une hemifphere à l'autre, dit que ces grais peu rares en Catalogne avoient de tout tems été de
fûrs temoignages de la gloire non flétrie des Rois Ibères : preuve de cela
qu'il fe trouve fur une de ces pierres confervée dans la famille de Torrepal-
ma l'année de la conquête du Perou : et fur une autre le nom d'Allemagne
qui fournit en 1557. ce Royaume à l'Efpagne.   On me dit avoir trouvé en
Siléfie la pierre dansante. Mr. de Thou dans fon Hiftoire de France (Livre
v. 1) dit qu'un Lapidaire Indien en préfenta une pareille à François premier
pendant fon fejour à Bologne; elle étoit phofphorique et s'élançoit en l'air
au moment où elle touchoit terre.

Le Docteur Becari de Bologne me fit préfent à mon paffage par cette
ville en 1766. . . . d'une taffe creufe ouverte qui avoit la proprieté de con-
fumer en 24. heures un morceau de chair qu'on y mettoit.

R

C'eft

C'eſt le ſarcophage des anciens ou bien la pierre d'Aſſo, petit Bourg d'Italie v. *Aſſo Diɛ̃. Geogr.* Un Charlatan eût une petite urne ſemblable, qu'il dit avoir apportée des Indes, et comme cette pierre conſume les corps étrangers qui ſe trouvent dans l'eſtomac, dans les boyaux, dans l'uretre avant de mordre à la chair ; ce Charlatan dit avoir gueri par elle des maux d'eſtomac, des obſtructions, la pierre etc. ſimplement en faiſant coucher le malade dans un cercueil de pierre pareille.

Credat Judaeus Apella.

Earle.

(dans ſon attelier.)

(Le portrait d'une femme charnue, hideuſe lançant des regards coquets, placé devant lui ſur ſon chevalet, au premier coup de pinceau il s'arrête.)

C'en eſt donc fait de mon ſommeil, le bruit d'une charette me rappelle à la vie, le caquet de ma femme m'endort. En réſiſtant à cette jeune tête, elle ſortiroit de ſon caractère. De tous les torts, je m'accommode aſſez aux ſiens.

(Il s'approche du Chevalet.)

Je ne puis, ne veux . . . : ah la hideuſe, l'affreuſe tête !

(Il va à la fenêtre.)

Belle matinée, c'eſt te défigurer, que de peindre des monſtres . . . . quelle Majeſté ! Aurore ! jeuneſſe de l'immenſité ! devancée par la roſée, des larmes de joie me rappellent comme toi à mon enfance.

(Il met le tableau de côté et place ſur ſon chevalet celui qui repréſente une Venus Uranie.)

Ombre fleurie de la plus belle des femmes, tu me rends à mon jeune âge, partout où mon mon pinceau t'effleure, tu m'appartiens, c'eſt moi que

mon

mon pinceau careffe . . . plus que moi, beauté premiere, Reine de l'Univers . . . Qui, moi, te ceder à l'or d'un mercénaire, au fou qni te repro-
cheroit fon exiftence ? Venùs ne fera jamais l'objet de mon falaire. Mere
de mes enfans, ils ne fubfiftent que par toi.

Je te tranfporterai dans mes bras au Palais d'un Grand, il te contem-
plera à genoux fous prétexte de mieux te voir : qu'il fache qu'en te rendant
ce culte augufte, tu triomphe de fon orgueil, je mettrai à ton image un
prix calculé dans mon coeur digne de toi.

L'or des forges ufurieres, je le porterai à mes enfans, il t'aura le Ri-
chard! pourra-t-il te poffeder jamais ?

Earle.
(en fiacre à fon cocher.)

Jean il faut aller un peu vite, mon ami : des devoirs importants me
preffent d'arriver bientôt à la maifon.

Jean.

J'irai ventre à terre. (A part,) j'ai tout entendu, tout vû par le trou de
la ferrure. Une femme et cinq enfans malades fur la paille, faus pain fans
fecours, mourant d'inanition : cela eft affreux, j'en fuis vraiment touché,
mais plus indigne encore de l'inhumanité de ce gros vilain Monfieur tout
chamaré d'or, qui a profité des circonftances cruelles pour marchander fon
ouvrage. (Jean croife un trainau.)

Mr. Faribole.
(à fon Cocher.)

Ne vas-tu pas t'arrêter pour un fiacre? écrafes-le et celui qui eft
dedans.

Me.

Me. Colifichet.

Il eſt en effet inouï qu'un trainau ſoit en colliſion avec un fiacre : on n'a pas tous les jours de la neige.

Jean.

(avance avec impétuoſité, renverſe le trainau et paſſe comme un éclair.)

On n'a pas tous les jours de quoi aſſiſter une famille infortunée.

Earle.

(arrivé, paye le fiacre.)

Mais il ne falloit pas, mon ami, inſulter ces gens là.

Jean.

Des fainéants qui vont ſe faire géler ſur la neige au ſon des grelots, ne valent pas mieux que Votre uſurier galonné qui Vous à volé la moitié de Votre du. Je n'ai point de galon, morbleu ! mais l'ame d'un Ruſtre, honnête et compatiſſant, vaut mieux que celle d'un homme de boue encadré dans de l'or, et puis Monſieur „le beſoin doit aller avant le plaiſir.“

Nous avons laiſſé Mr. Earle à Santa Foſca : reprenons le fil de notre hiſtoire : *Alla riva Dei Schiavoni.* Voyez cette Pagode, ella n'a beſoin ni de parler ni d'agir, ni de ſe plaindre, ni de rémercier quiconque dans quelque cas que ce ſoit ; il ſuffit qu'elle s'attache, on devine ſon ſilence. Liſez à quoi cette réflexion méne, laiſſez-Vous conduire. Je conviens avec Vous que tout ouvrage d'art réuſſira mieux exécuté par le ſeul génie, qu'en copiant ſervilement la nature : le génie crée ſans récourir à aucun exemple.

Le Roi de Pruſſe qui fait naître dans preſque tous les arts des productions nouvelles, vient d'adjuger un prix pour celui qui decouvriroit un moyen ſur de mouler des ſtatues à l'aide d'un ſable qui devint, étant préparé, une eſpece de pierre factice auſſi dur que le marbre. Jaques Martinet de Bour-

Bourdeaux, Nicolas Lione à Rome, paffent aujourd'hui pour les inventeurs d'un fecret qui étoit peut-être celui des Egyptiens dans la fonte de leurs piramides. Le dernier de ces artiftes Mr. Lione, exécuta une ftatue de fa compofition, reffemblant au marbre de Carrare, et repréfentant le Pape d'aujourd'hui: les deux artiftes paroiffent avoir travaillés après Mr. de la Fay qui favoit couler le marbre à la méthode des anciens. J'ignore fi jufqu'ici le prix à été delivré, mais la découverte feroit d'une importance qui égaleroit celle du papier, celle de l'imprimerie, celle du verre, vû la facilité avec laquelle on feroit à même de rendre comme de multiplier des monumens crûs immortels. Vous avez vû chez moi un petit Eole qu'un charlatan me vendit pour une antique. Il dit avoir trouvé cette ftatue mignonne dans les fouilles de Comme. Cette belle petite Idole refiftant au cifeau, froide et polie comme *Dorat* l'eft dans fes vers; cette Pagode disje paroiffoit de marbre lorsque j'en fis l'acquifition, elle devint pouffiere en une après diner. Jugez de ma furprife de voir Eole rendu à fon élément; les vents l'emporterent, je courrus après mon antiquaire, il étoit avec Eole: et quelque effai que j'euffe fait pour repétrir ma pouffiere, pour la réduire en une efpece de maffe folide, il fallait y rénoncer. Il n'en fut pas ainfi d'une autre fingularité, que je poffede encore, et qui dans des tems crédules, eut embaraffé les magiciens les plus dépourvus d'impofture. Il s'agit d'une petite figure que l'on tient facilement dans la main, et qui repréfente une Cerès certainement de quelque bon artifte du fiècle paffé: cette jolie Pagode fe déplace aifément tant qu'on a les mains feches; mais en les mouillant le moins du monde, à la plus legère moiteur, cette pierre crevaffée bleuatre fe reffere, noircit et s'attache aux doigts de telle manicre, que la perfonne qui la tient, en eft pour ainfi dire retenue, comme on le feroit l'hiver en preffant la main contre la fuperficie d'une eau glacée. Je

R 3

ne

ne fuis pas éloigné de croire, que cette pierre ne foit de l'efpece de pierres de ferpent du Cap de bonne efperance, une compofition artificielle dont les Bramines fe réfervent le fecret et qu'ils appliquent fur la morfure d'une efpece de ferpent à fonnettes.   On trouve des pierres pareilles en Corfe, les habitans les appellent Catochites, et un de leurs poëtes en parle en difant:

Hanc folam perhibent Cathochitem gignere terram.
Corporibus lapis hic ceu glutina, tactus adhaeret.

Le peuple croit, que c'eft un foffile, qui a la proprieté unique de s'attacher à la playe fans autre forme d'appareil et fans foutien étranger; il attire autant de poifon, que fon volume peut en contenir et quelques inftants après, cette pièce fe détache d'elle-même. C'eft fur les lieux, la *Pietra di Cobra* qui, dit le Pere Torrubia, fe fabrique par les Indiens aux Isles Philippines. Les réligieux de St. François la colportent et s'accréditent par la vertu même de cette compofition falubre. Ce pere peu crédule pour un Efpagnol, détaille les ingrédiens et les proprietés de cette drogue divine, fabriquée fur les côtes Malabares et de Corommandel. La célebre ftatue de Gnide, le Cupidon de Praxytéle, la ftatue de la bonne fortune à Athènes, toutes inanimées qu'elles étoient, ont eu des adorateurs, qui fans efpoir de retour, leur adreffoient des hommages gratuits mais fidèles. Ma poupée eft d'un genre fupérieur à tout, rien ne prête au fentiment autant qu'elle, je la préfere à des volages coquettes, à des amis qui ne tiennent à rien, et je l'aime, car elle m'attache. Paufanias vint exprès à Phigale pour admirer la ftatue de Cérès, d'Onatas: il eût adoré la mienne.

Hommes ftupides, qui vous plaifez à faire la ftatue, qui n'avez ni oreille pour entendre, ni oeil pour voir, ni langue pour vous exprimer;
adoptez

adoptez au moins la qualité de ma Cérès, attachez-vous avec quelque intérêt à un objet fenfible, fi vous ne voulez pas que l'on vous croye faits par Vaucanfon, peu jaloux de fon ouvrage.

❈

Station II.

(On entend dans la Cloifon voifine crier un enfant.)

Mon pere!

Earle.

Dieu du repos, tu préfide aux Rois et à ma journée, fi l'étude des prieres mifes en oppofition avec les contre-prieres, n'occupe encore aujourd'hui que les fainéans et les augures; fi les péripaticiens enfeignent en pleine école, que les prieres ne fervent de rien, ne difconvenons cependant pas que dans tout païs, gouverné par des loix fages, il y a de la folie à demander à Dieu les biens de la fortune, la faveur des grands, l'eftimation publique; c'eft exiger de Dieu qu'il transgreffe l'ordre établi, qu'il anticipe fur le tems, qu'il faffe une injuftice. En fuivant ces principes, les Pintos fectateurs Japonois, ont retranché de leur culte, toute idée de priere: voir Dieu dans la moindre de ces oeuvres, penfer à lui, agir pour lui, c'eft prier, et la véritable oraifon confifte plus en remercimens qu'en clameurs. Que faiftu, dit un mondain, à un pauvre à genoux; je prie repondit le manant, levestoi, prier c'eft agir. *(v. Bibl. orientale d'Herbelot)*.

> Immunis aram fi tetigit manus
> Non fumptuofa blandior hoftia
> Mollivit averfos penates,
> Farre pio et faliente mica.
>
> *Hor. L. III. Ode 23.*

❈

Sta-

Station III.

L'honorable affemblée que voici ! quitte les Bibliotheques et les Libraires
pour venir écouter mon cours d'hiftoire : me feroit-il permis de Vous
entretenir à cette Station de quelques faits d'hiftoire naturelle, qu'avec l'aide
de St. Pidochio (couvrez-Vous Mgrs) j'acheverai à Votre profit comme au
mien : rentrons dans le taudis d'Earle.

La femme d'Earle.

Te voila levé avec le jour, fomente la cendre, mets y du bois, prends
des couleurs . . . . broye.

Earle.

(diftrait en contemplant fon tableau.)
Dieux, qu'elle eft belle !

La femme.

(comprend que le compliment eft pour elle.)
Vas, tu me dira cela une autre fois, broye touyours.

(fon fils faute du grabat pour embraffer fon pere.)
Vous me dites toujours que ma tendreffe Vous reveille, Vous aime-je
comme cela, mon pere ? Vous foupirez, eh que je foupire avec Vous.

Earle.

Mon enfant ! il n'eft point tems encore, je ne puis partager avec toi
que l'augure de tes chagrins, la joie feule convient à ton jeune âge.

Le fils.

Je le veux bien; ne me difiez-Vous pas hier, que le rire du fage n'of-
fenfoit perfonne, Maman dit que je fuis fage ; mais j'ai froid.

Sergis.

Sergis.

Auteurs affez courageux, pour nier l'exiflence d'un Dieu, et affez foibles pour ajouter foi à des contes, imitez cet enfant qui parle à mon coeur,
Gianimi même feroit furpris après cela d'entendre parler un enfant qui viendroit de naître. L'organe de la parole ne pouvant jamais bien fe perfecti-
onner dans le ventre de la mere, avant les autres parties homogènes : et
Bobo ne parleroit pas même alors comme les perroquets et les pies :

Naturale non miraculofum opus eft.

Earle.

Vas t'habiller mon enfant, je ne puis t'échauffer dans mes bras comme
je voudrois. Mais, qui frappe fi fort, et chez moi?... helas! cette re-
traite n'eft pas plus à moi qu'aux paffans.... Cours Bobo vois.

✠

Station IV.

En attendant que notre enfant mette fes culottes, faifons le figne de la
croix et recitons l'Angelus. Après une paufe de quelques minutes notre
declamateur reprend fa peau d'ane en difant : Vous faurez donc gentiliffimi
fignori, que j'ai vu un très-grand homme fur ma tapifferie; c'eft la figure
d'un Diable, dont les yeux font couverts de pieces d'or et de diamants de
prix. Une foule de fpectateurs y tirent des flèches à la tête du monftre,
tachant d'en faire tomber des plaques d'or timbré, appellées argent en
France.

L'infcription, difoit tout le monde, tire à ce Diable d'argent, ne
croyez pas néanmoins que l'avidité des François en foit abfolument logée là
Nullas nummarum ereximus aras.

S   Un

Un garçon de 7 ans, marchandoit une eftampe telle qu'on en vend par douzaines aux bornes des rues de Paris: il s'agiffoit d'un demi fou de plus pour l'enfant, je crus terminer le marché en fourniffant à l'enchere, et je remis l'eftampe au jeune homme, il me regarda avec furprife. Ce n'eft point par avarice que je m'arrête au prix de cette image, me dit-il, mais je ne veux être la dupe de perfonne, et fi je n'accepte point l'offre généreux que Vous me faites, c'eft que je ne Vous connois pas, je ne Vous en fuis pas moins reconnoiffant, mais je payerai mon Eftampe.

✣

Une autre fois je demandois à un artifan le chemin d'une rue, il fortit de fa boutique et me l'indiqua avec plaifir ; je pourfuivis mon chemin fans faire attention à lui et fans même le remercier de fa complaifance ; à peine avois-je fait vingt pas, que je m'entendis rappeller: je Vous remercie, Monfieur, me cria mon honnête indicateur . . .

Quelle fémonce pour un coeur auffi fenfible que le mien, j'étois en défaut, je courrus lui faire mes excufes, et ce qui Vous furprendra, c'eft qu'il prît part à mon embarras et me conjura de permettre qu'il me conduifit lui-même dans la rue où je projettois d'aller fans lui.

✣

Quelque tems après, je reçus une lettre à la Campagne, d'un homme auquel je devois environ cent Louis. Je fais, m'écrivit-il, que Vos fonds ne font point équilibrés, les miens le font moins encore que les Votres ; et fi Vous n'êtes point dans le cas de me fatisfaire, Monfieur, envoyez-moi du moins des Numeros pour la Lotterie, j'y mettrai qu'il ne foit plus queftion de la dette, fi nous gagnons: au pis Vous me payerez quand Vous pourrez . . . J'ignore l'iffue de cette manoeuvre. Je reçus un an après
une

une lettre du même homme, conçue en ces termes. Je fuis marié, et ma femme eft fur le point de me donner un aide que j'éléverai pour le béfoin des hommes, Vous avez été mon débiteur longtems, devenez mon parrein, et fi Vous croyez qu'il Vous faille du retour fur la dette que nous contra-étons avec Vous, attendez que mon enfant s'en acquitte par fa reconnoiffance.

Socrate fepare la vertu du panchant à bien faire; je n'agis que par ce dernier motif, et je me trouve aujourd-hui recompenfé de la complaifance que l'on avoit exigé de moi. Mon filleul promet de devenir par fon application un très-habile Phyficien . . . . C'eft déja l'homme d'art le plus heureux à mes yeux, Peintre, Deffinateur, Colorifte fans avoir d'autre principe, qu'un fort amour pour le travail. Je m'explique, il s'étoit fait une habitude de regarder attentivement l'objet qu'il vouloit copier, et d'après cette méchanique, il s'étoit tellement imprimé les contours les refleéts et les nuances d'un tableau, qu'il ne manquoit pour ainfi dire jamais, d'affigner à chaque couleur la place qu'elle occupoit fur la toile; tous les grands Peintres devenoient les pourvoyeurs de fa methode. Cette pratique fondée fur la Théorie des Couleurs accidentelles qui fe depeignent dans l'oeil et que l'on apperçoit là même où elles ne font point, cette belle magie dis je que Mrs. de Buffon, de Godard, ont analifée, mon jeune Appelles l'a perfeétionée d'après eux. Ce peintre en Eau, car je ne fais quel nom donner à la méthode de M. S. . . vient d'écrire une brochure très intereffante fur un art particulier à bien former des Bouquets, des Portraits, même par le fimple effet des couleurs fortuites, conçues en fixant les objets à un angle donné. Cette méthode réellement ingénieufe, m'a fait penfer que plus d'une expreffion dans nos anciens Poëtes, paroiffoit indiquer une connoiffance non équivo-

S 2

que

que peut-être du fyftême que Mrs. Neuton et de Buffon avoient exécuté de nos jours dans la claffe des refractions.

Le cygne, couleur de'rofe d'Horace, *purpureis ales coloribus*, la neige pourprine, *purpurea nix*, la Mer glacée du Nord que Pontoppidan voit bleue, *Cerulea glacies* — *In mare purpureum violentior affluit amnis.* (Virgil.)

Tous ces paffages femblent dériver des mêmes caufes par une desquelles Henri IV. jouant aux dez avec le Duc d'Alençon et le Duc de Guife, quelques jours avant la St. Barthelemi, vit deux fois des taches de fang fur les dez, et abandonna le jeu, faifi d'épouvante.

Le Pere Daniel qui a recueilli ce fait, dit Mr. de Voltaire, devoit avoir affez de Phyfique pour ne pas ignorer que les points noirs quand ils font un angle donné avec le foleil, paroiffent rouges. Ce jeu d'optique rélativement aux nuances appercues, là où elles ne font point, prête infiniment à l'illufion; et fi la nature femble s'y complaire, ce n'eft que là, qu'elle vacille peut-être? De l'abime du néant l'ail retourne à la vie, et ce végétal ne parvient à fa maturité que rendu à fon enfance: femblable à la Lune, ce Légume defendu par Pythagore, croit et decheoit avec cet aftre : c'eft le feul être que je fache, qui par nature, trouble l'ordre et les gradations fixées par elle. Revenons à nos Tableaux, on vient d'inventer en Angleterre une chambre obfcure qui d'après M. de Lichtenberg, repréfente les objets avec la derniere perfpicuité: l'image d'un portrait de van Dick fufpendu dans une chambre, paroiffoit une mignature; et s'il eft décidé, continue un Commentateur célébre, que le phofphore de Boulogne réflechit toujours les couleurs prismatiques qu'il reçoit, et qu'il réluit bleu quand il

a reçu

a reçu une lumiere bleue rouge ; on peut de cette maniere réuffir à faire, que les figures qu'on repréfente par la chambre obfcure, puffent fe foutenir fur le papier blanc pour un peu de tems et paroître peint aux yeux du fpe-ctateur en deplaçant le papier. On a remarqué dans la machine perfection-née de la chambre obfcure, que la plaque de verre, non polie par derriere, fur laquelle fe peignoit l'image, repofoit immédiatement fur un grand verre convexe ; ce méchanisme ferviroit à l'achevement de ma peinture acciden-telle fixe, permettez-moi cette denomination à la fuite de tant d'autres dé-fignées par les termes : encauftiques, eludoriques etc.

Les arts bien appellés dans leurs commencemens, *pauperimae neceffita-tis inventa*, euffent fait des progrès plus rapides, fi dans tous les fiècles on eut moins négligé les premiers principes qui les avoient fait naître. Le lac *difciplinae de Quintilien*, diftribué à des enfants ingrats, fait dépraver les artiftes; il faut ramener la nature aux élémens qui lui conviennent. Cor-nélie deffinant à l'ombre l'image de fon pere, donna l'idée de la Sculpture à Débutades, et la perfection du Pantographe eft peut-être refervée à quel-que Cornélie du fiècle.

Le Raconteur.

Riveritiffimi Signori, fi Vous voulez que je continue à Vous endoctri-ner, fuivez-moi au Quai de l'arfenal, cela ne coute qu'un fou dont Vous calfeutrerez mon chapeau.

Sergis.

J'ai laiffé Bobo à la porte et Earle continue ainfi.

Earle.

— En contemplant cet enfant, je trouve que l'âge où nous vivons, bien loin de participer des quatre âges anciens, pourroit s'appeller l'âge de glace: tout eft froid dans cet âge pervers, le chemin des cours eft verglas,

les

les vents les plus affreux planent fur notre horizon, on s'y plait à morfondre
le pauvre, à faire tréffaillir les gens de lettres, à glacer le lecteur, à faire
mourir de froid le fpectateur à nos parades. Que fert-il d'être éclairé ou
de vivre obfcur, de réchauffer par l'ardeur du génie les reputations des
grands qui géleroient fans cela au fleuve de l'oubli même; nous ne trem-
blons pas moins de froid, nos fources font gelées, et notre Appollon n'eft
plus le foleil, c'eft Borée.

Son fils ainé.

C'eft ce beau Monfieur, c'eft cette groffe Madame.

Earle.

Mais Phérécide n'eft plus; ignorant jusqu'au nom de vérité, il paffa
un doigt par le trou de la ferrure pour indiquer à fes amis qu'il étoit rongé
d'ulceres: c'étoit leur montrer au doigt la trifte vérité de fes fouffrances,
une unité d'action étrangere au theâtre. Il n'y a de certitude fur rien,
aucun critere de vérité dit Xenophanes, tout n'eft que vraifemblable, tout
eft bon et mauvais: la honte, l'infamie, les reproches ne bleffent qu'autant qu'on veut: *Populus me fibilat. ...* Le peuple me déchire et j'en fais
gloire, un crêpe épais couvre les foucis des mortels.

De dix heures une vifite; ah! le voila ce perfonnage important, qui
s'adreffe à toutes les femmes parées, et qui paroit leur parler moins qu'aux
garnitures.

Il faut donc le remettre fur le chevalet, cet affligeant portrait.

(Il change de tableau.)
Je dois être rufé, et paroître ingenu; peignons.

La

La femme,

(en cuifant la boulie).

Fais toujours, l'argent que tu en aura vaut bien la toile d'un tableau, ce n'eft toujours que cela.

�

Attirail de Livres, peintreffe.

Si les hommes favoient aimer et fi l'amour étoit le feul fentiment dont ils feroient fufceptibles, les livres ne nous apprendroient rien, le coeur feroit tout formé.

La plupart de nos villes, ont plus de maifons que d'habitans, moins d'oifeleurs que de cages. Voyez toutes les differtations publiées à l'univerfité de Berlin, fondée par Joachim I. qui, dit l'auteur des mémoires de Brandeburg, „reçût le nom de Neftor, comme Louis XII. celui de Jufte, „fans qu'on en pénetre la raifon" Vous n'y decouvrirez aucun moyen pour donner à la procréation, une marche conforme aux foins qui accélerent cèt important labeur de la nature. La callipédie de Quillet, quelque claffique que foit ce livre, eft écrit en latin, et les heureux tems où on faifoit l'amour dans cette langue, n'exiftant plus, quelque érudit de l'univerfité de Vienne en entreprendra la traduction au pofit des habitans et des maifons. Un vrai livre de Bibliothèque, c'eft celui du Profeffeur Kaufe de *caro librorum pretio* in 8vo (de 3. à 400 pages) fur l'ufure libraïque. L'homme qui me le vendit, me préfenta en même tems un manufcrit de Pic de la Mirandole en caracteres tellement indéchiffrables, qu'il paroiffoit fait par quelque fou tricotant de la plume: il en vouloit 20 Ducats, en évaluant la rame de papier à un demi Louis; mon Laquais en eut rempli 50 feuilles en huit jours pour le fimple plaifir de faire des Zigzags au prix courrant. Mon révendeur comprit la Bourde corrigé fur l'exemple de l'Aretin qui mourrût

de

de rire, il pleura presque de m'avoir trouvé. J'ai d'autres livres à Vous offrir, me dit-il, mais chez moi, et je Vous promets que Vous n'aurez vu nullepart une bibliothèque plus universelle que la mienne; il me conduisit sur le grenier, une grande chambre chargée d'armoires, de tablettes, de chaises, de consoles. Le tout formé par des livres, qui composoient les meubles d'une très-vaste Cloison; le sopha étoit composé d'oeuvres françoises, le lit de dictionnaires, de gros volumes d'histoire &c. au chevet de son dortoir, j'y lus en grandes lettres.... *Antonius meus Magliabechi non molli strato, sed ipsis libris suis suaviter incubuit, more prorsus philosophico.* Mon bon Antoine Magliabechi, bien loin de reposer nullement dans un lit, couchoit suavement sur ses chers livres, qui lui servoient de dortoir philosophique.

J'entrepris mon Archivaire sur ses lectures favorites: Le seul livre que je relis sans cesse, dit-il, c'est les mémoires de mon Roi, de l'Achille et de l'Horace du Brandenbourg. Je ne suis un peu au fait de l'histoire de ma patrie, que depuis que FREDERIC nous a donné celle de ses ancêtres, et je n'ai commencé à aimer mon païs que depuis que par nos bonnes loix, j'eusse appris à le servir.... On m'avertit qu'il falloit partir, j'embrassois mon bibliosophe, et je me préparois à sortir de son temple, lorsqu'une porte s'ouvrit, qui m'engagea de voir encore une déité de sa chapelle: O beauté vraiment céleste, de quel nom Vous appellerai-je....

Est-ce Venus sous les traits d'une mortelle? quel hommage ou quel culte Vous devrai-je? Etes-Vous de ce temple la Prêtresse ou la Déesse m'écriois-je; la belle femme rougit: j'ai eu le tems de faire une connoissance que je crois chere à mon Mari, et qui dès lors m'interesse, me dit-elle;

agréez,

agréez, Monfieur, le Larcin que je viens de faire fur Vous-même, et je ne
doute pas que Vous ne me pardonniez en faveur de mon idée. On fe connoit peu foi-même, mais je crus voir mon portrait pofé fur une confole :
cette femme ingénieufe m'avoit peint en faififfant mes traits au travers une
petite ouverture ménagée dans la Cloifon . . . . Je fis un effort, pour exprimer, avec quelque verité, l'effet que cette furprife avoit fait fur mon
coeur. Le mari toujours attentif à fon emploi de Sacrificateur, me dit que
cette artifte avoit fait ainfi le portrait du Roi de Pruffe, qui tant de fois
avoit défefpéré Pesne, à la gloire duquel il manquoit encore le tableau du
Monarque placé à une porte qui s'ouvroit cent fois l'heure. Cette artifte eût
feule à fe féliciter d'avoir peint un Roi dans l'attitude où ce Prince tourmen-
té de la goutte, fe tenoit au lit, le chapeau fur la tête, les yeux fixés fur des
plans et des deux mains faififfant des fruits. Smith grava une petite esquiffe
de ce tableau fous l'épigraphe du héros malade . . . Madame S . . . que
j'ai promis de ne pas nommer, n'ayant point de toile preparée, faifit la
premiere embordure qu'elle trouva fous la main et qui bornoit précifément
une vue d'Hollande et une nôce de Village. Il fe trouva une chaife ifolée
fur le tableau, j'y fus placé, et comme le repas fe donnoit près d'un ruiffeau où mon image étoit cenfée fe répéter ; je pris le princeau et j'écrivis
fur une Colonne que le peintre avoit dreffée comme exprès pour moi, l'ex-
clamation de Narciffe : *Nec fum adeo difformis, nuper me in Littore vidi.* Je
m'arrachois de l'aimable peintreffe, qui en s'appropriant mes traits, avoit
gravé dans mon efprit l'amabilité de fon génie, je ne m'occupois plus pendant la route, que de ma belle Debutade . . . Tant il eft vrai mon bon . . .
qu'on n'amufe un peu vivement les hommes que par des images. Notre
trifteffe ou notre joie ne viennent que de la maniere dont les objets fe pré-
fentent aux hommes trop heureux quand la vertu conduit le pinceau de l'il-

T   lufion

lufion, et que nous ne foyons déçûs que par la raifon feule, juge non équivoque de nos Tableaux.

(Le Seigneur et la Dame s'avancent.)

M. de M*

Je n'ai pas férmé l'oeil, j'ai l'air fané.

La femme d'Earle.

Madame eft toujours belle.

M. de M*

Faites voir, je Vous prie, ces peintures dans le coin.

Earle.

Elles font poudreufes . . . et Vos delicates mains, Monfieur,

à la Dame.

Madame s'affiroit-elle ?

M. de M*

Soyez bien penetré de Votre objet, Sir peintre, à merveille! Vous ne réuffirez cependant pas encore à le détacher de la toile, à le faire parler.

Earle.

(par devers foi.)

Il a raifon, il ne m'a rien dit encore . . . quelle tête à peindre.

M. de M*

(mettant la main au portrait du peintre même.)

Sont-celà vos traits, Monfieur?

Earle.

On m'y reconnoiffoit autrefois, mais aujourd'hui . . .

M.

M. de *M**

Ah ah! la reſſemblance y eſt encore.

M. de *M**

Oui aſſez.

(*y* jettant l'oeil.)

M. de *M**

Quelques rides de plus, mais c'eſt Vous.

La femme d'Earle.

(avec une Corbeille pendue au bras.)

C'eſt l'heure du marché, Mari . . . donnes-moi de l'argent.

Earle.

(diſtrait et d'un ton expéditif.)

Je n'en ai pas.

La femme.

C'eſt ſe nourrir de ſes beſoins.

Earle.

(met la main dans la poche de ſon Caſaquin et lui donne quelques
pieces de monnoye.)

Trouve quelqu'un qui te paye de ton babit, et nous ferons bonne
chere.

M. de *M**

Vous avez changé de maniere depuis deux ans.

Earle.

En clopinant d'un côté, on ſe redreſſe de l'autre.

M. de *M**

(qui apperçoit un petit ſinge au haut d'une Corniche.)

Le joli animal, Votre guenuche eſt-elle appriſe?

T 2   *Earle.*

Earle.

Je ne crois pas, elle fait trop naturellement ce qu'elle fait, fon talent paroit être celui de fe paffer de talens acquis.

M. de M*

Mon fils eft fouvent dans le cas du Singe, c'eft fon contrafte, ah ! fi Vous pouviez le voir, Monfieur le Peintre.

Earle.

Je ne doute nullement des foins d'une Mere, et Vous l'éléverez fans dóute pour le raifonnement et pour en faire un homme.

M. de M*

Je ne fais ce qui en fera, c'eft une Lotterie que des enfans; au demeurant avec des titres on eft bientôt au deffus des hommes en général; et Vous, que ferez-Vous de Coco? n'eft-ce pas le nom de cette jolie bête ? (*)

Earle.

Je l'abandonne à la nature, s'il lui plaifoit de delier dans cet être fi femblable à l'homme les organes qui nous font parler, deraifonner, peindre et écrire, dès lors Madame, je le ferai baptifer; Mr. Votre fils l'eft, jugez quel avantage il auroit fur mon finge, s'il pouvoit fe comprendre.

(Pendant qu' Earle entretient la Dame, le Marquis laiffe tomber fon chapeau que le Singe réléve en faifant force reverences au Marquis: ce jeu trop fouvent repeté, fait dire au Seigneur:)

Le

(*) Mr. d'Argens dit un jour à un homme qui élévoit mal fon fils: ce que Vous négligez fur Votre enfant, je l'exécuterai fur mon Singe.

Le Marquis.

La groffiéreté choque, mais trop de politeffe ennuie, ne trouvez-Vous pas que je dis vrai Sir peintre?

Earle.

Un moyen fûr pour ne pas effaroucher la verité qui fe préfente, dit Cratyle, c'eft de ne pas parler, et de fe contenter de rémuer le doigt ; c'eft alors que le Silence eft delicieux quand la verité ne fe fait entendre qu'à l'ame du Sage ; or la langue des fignes ne parle qu'à l'efprit.

Le Marquis.

Fort bien, Monfieur le Peintre. Appollonius de Thiane n'appaifa-t-il pas une émeute à Afpendus en hauffant la main ? Cet énergique langage eft perdu et le Silence de Pithagore eut bien avancé l'étude de la Sageffe, fi ce philofophe eut ajouté à fa defenfe de parler, des règles certaines fur le langage des geftes. Thrafibule et Tarquin, m'a dit le Pere Petau, coupant des têtes de pavòts, Alexandre appliquant fon fceau fur la bouche de fon favori, Diogéne marchant devant Zenon, n'avoient point lû le beau livre *de perfuafione Rhetorica* du Pere Baftiraquelli.

La M.

Helas! Marquis, je ne Vous croyois point tant de pouffiere dans l'efprit, Vous rembruniffez celui de l'artifte, et Vous mortifiez ma patience. Il s'en faut pour profiter d'un inftant de filence auffi cruellement que Vous venez de faire; je Vous avertis Sir Earle, que fi une feconde fois Vous me forcez à me taire, je fuis Votre fervante, je pars.

M. de M*
(revenant au portrait)
Bien . . . . . au mieux . . . la courbure du nez . . . admirable - - . plus de feu dans les yeux.

T 3

Earle.

Earle.

Je leur en donnerois, mais helas!... voyez M*. eſt-ce comme ça.

M. de M *

A merveille, Vous m'électriſez, parlons belle électrophore, et remercions notre artiſte.   Adieu Monſieur.

Earle.

Je n'ai pas perdu ma journée, j'ai rendu deux hommes contens.   J'aurois manqué mon but en faiſant un tableau, le barbouillage ſupplée à tout, des originaux s'en conteņtent.

(La Muſe paroit aux yeux du peintre).

Ne commence point à te decourager dans tes vieux jours: mon fils, tout homme a ſon talent et ſa miſère... je ſuis contente de ton ouvrage, tu as peint la laideur en la flattant, fuis les depravations, reprens le pinceau, et dans tes portraits au moins, ne néglige jamais d'y rappeller la nature.

Tu ne jouiras bien du repos, qu'en aimant le travail: le ciel par ſes bienfaits, ſe plait à gâter ſes enfans: qui jouit d'un repos trop conſtant, s'il ne bêche la terre pour être à même de la troubler, un ſommeil éternel le confond avec elle; aime la gaieté... indulgent envers ta femme, cede à l'orage, le hazard l'amene, il éclate au hazard, et le hazard le détruit: ſenſible aux cris de tes enfans, jouis du ſommeil; fais-toi des eſperances, et ſi tu n'es pas riche, dis une fois en ta vie....   Courage je ſuis content de moi.

Septi-

Septième Journée.

STATION I.

Earle (buvant)

Nous voici dans le chemin de la vérité, respectons la cependant, et fuyons l'ivresse: on est ivre d'esprit, comme de vin, l'un et l'autre barre le chemin des connoissances. Je pars, mon cher Sergis, peu curieux de savoir d'où je viens; je le suis plus d'apprendre où j'irai enveloppé de mon drap brun, muni d'une baguette, qui me sert comme à Circé, à changer dans le bateau où je serai, tour à tour en porcs, en oiseaux et en hommes les rudes compagnons de mon voyage.

Ραβδῳ πεπληγυια, κα]α συφεσισιν έεργνυ.
Οι δε συων μεν έχον κεφαλας, φωνην δε δεμας τε.

S'ils m'ennuient, j'aborderai à quelque rive prochaine, je marcherai, et moins distrait, je m'entrétiendrai avec les absens que j'aime.

Les vieux souliers, dit Jaques d'Angleterre font préférables aux nouveaux, ils blessent rarement ceux qui les portent, des vieux amis sont préférables à tout: souviens-toi d'avoir revu en moi un objet mal dessiné, régulier cependant à une distance donnée, je te convaincrai de cette expérience à mon retour. Adieu — abandonne-toi à l'air, et si dans ton chemin tu rencontres un fou comme moi, tu le consolera de sa folie en lui racontant les miennes: ne caches point à l'honnête. L . . . au bon A** au cher V* au généreux S* que la mort qui est de trop pour bien des gens, n'a point deparé ma vie; point de crêpe sur ton chapeau ni dans ton coeur!

Des hommes qui n'aiment dans leurs amis, que ce qui fait entr'eux l'identité d'une ressemblance, des égoïstes, dis-je, te demanderont en riant

des

Hulla) Hulla,

des nouvelles d'Arlequin, dis leur . . . ~~que l'homme~~ vivoit, ~~qu'il~~ eſt mort: ne t'humilie point à entrer avec eux dans des détails attendriſſans . . . dis à ma Patrie que je méritois un meilleur ſort, et tu fixeras chez quelques bonnes gens l'époque de mon exiſtence. Adieu.

Sergis
(à l'hôte de la maiſon).

Courrez, ſuivez ce mortel unique dans la claſſe des incurables, ſachons le chemin qu'il a pris.

L'hôte.

Moi . . . . demander à ce galant homme où il alloit, j'avois été payé la veille, mais en gambades, par un jeune homme artiſtemeñ friſé, dont les promeſſes m'avoient trompé, par là même qu'elles devoient me ſéduire. J'ai été ſatisfait aujourd'hui en bonnes pièces ſonnantes par Votre ami, et trois jours d'avance pour le tems, où tôt ou tard il viendroit Vous revoir encore.

Vous me paroiſſez faire cas de cet homme ſingulier, Vous ſouhaitez avec moi que le ciel dirige ſes deſſeins et qu'il diſpoſe de ſes pas. Mais de mon côté, je croirois aſſez qu'il n'y a pas deux fous auſſi eſtimables que lui au monde.

Sergis.

Debaraſſé de la main de cet homme ſenſible, qu'il me ſoit permis d'écrire mon avanture; aſſis à mon bureau, ſeul, je fixe une eſtampe de Diogène et m'écrie: Conſolateur divin, je vois dans ton image l'homme, que je redemande au tems: remplace o Diogène l'ami que j'ai perdu! que tes leçons et ta doctrine éclairent ma deſtinée, perce la nuit des tems et veille ſur la ſienne !

(Mr.

(Mr. le Raconteur après une féance où il avoit fait différens tours
de gibeciére).

„Meffieurs et Dames Vous voyez ces inftrumens, ces figures, ces
„Hyérogliphes: eh bien par la vertu de ma baguette divinatoire, Vous allez
„voir que Vous ne verrez rien. " (Il frappe et la toile tombe.)

Un Anglois vient de faire nouvellement différens effais fur la faculté vi-
fuelle en preffant plus ou moins fes deux orbites, ce qui le mettoit à même
de fe rendre aveugle à volonté: j'ai eu le plaifir, écrit-il, à un académicien
de voir enfin que je ne voyois rien.

✱

L e t t r e.

Joucurs de Gobelets.

Plufieurs Embaffadeurs autour d'une table ronde, affiftants à un congrès de
paix, pourroient dire entre eux: relachons-nous, s'il fe peut, de nos
prétentions en faveur de la comédie que nous donnons au monde, Charlatan premier, Charlatan fecond! ma plume eft le petit bâton de Jacob, nos
encriers font nos gobelets, et la cire rouge de nos traités, les petites balles
qui donnent à notre jeu l'importance qu'il mérite. Je fis, avec le Ch —
L. . . . homme d'une gaïeté réconnue, qui avoit eu plufieus avantures, le
voyage d'Hollande. C'eft l'Appollonius de Thyane d'Allemagne, le Patriarche des joueurs de gobelets, l'émule de Richardfon qui vecût à Paris
en 1677. et que M. Dodart a commenté dans les anciens mémoires de l'académie des fciences. Il eft connu de tous les preftigiateurs de l'Europe et de
tous ceux qui comme lui, aiment les facéties et les jeux.... Ce que j'ai
trouvé de curieux dans les tours que je lui ai vu faire, c'étoit de le voir jouer
avec des gobelets de verre et des balles de plomb... Là buvant à la fanté

U

d'une

d'une belle femme, il brifa le verre des dents, en macha les morceaux, qu'il avala fans en reffentir aucun mal, il répeta même l'expérience toutes les fois qu'une belle caufe l'y engageoit encore.

Cet Amphiaraus du jour, comparé à l'Alexandre, on le préconifa aux enfans, j'entendis une des ces jeunes plantes à face humaine demander à fa mere qui parloit de Laudon et de Lafcy: fi ces deux Mrs. jouoient des gobelets? Fontenelle ne pouvant rélever un éventail, s'écria, que n'ai je que quatrevingt ans! Puiffe l'ami dont je parle, faire un tour de gobelet à cent et Vous, mon cher, à ... ooooooo.

Plus on preffe mon mal, plus il fuit au dédans,
Et mes defirs en font mille fois plus ardens,
A l'abord d'une erreur, je fens que mon martyre
De depit et d'horreur dans mes os fe retire.
L'amour ne fait alors que renforcer fes traits
Et donne à ma maîtreffe encore plus d'attraits.

Théophile.

Helene.

Helene fe plaignoit de fon troifième raviffeur qui avoit enlevé Helene à Helene même. La Sabine qui d'intelligence avec moi céda au rapt, fût dans le même cas, excepté cependant que la belle Grecque fût longtems un prodige de beauté, et que le prodige feroit complet fi ma Stinette étoit belle encore.

Mon tuteur fecondé par des vuës économiques crût devoir rompre des liens fi chers.

Le Baron de Pfeiller, Commandant de la Chaffe du Cerf, le plus grand grimacier de fon fiècle, étoit chez moi quand un de mes maraboux

de

de la ville de Comme vint arrêter ma dulcinée, le mecredi des Cendres; c'étoit me les donner bien amérement..... Je commençois mon Ramazan par verfer quelques larmes philofophiques, et après avoir refléchi à l'importance de mes pleurs, je me mis à écrire au Comte de Bruhl. Pour donner une volte heureufe, je mis le Miniftre exaftement dans fon tort. Toute paffion fait oublier la puiffance et les égards, Monfieur, lui dis-je dans une de mes lettres.... L'amour m'aveugle, je Vous crois mon ennemi.... rendez-moi M.! rendez la moi au plutôt. Je Vous obligerois volontiers, repondit ce Miniftre, fi j'en avois le pouvoir, mais Vous êtes trop honnête pour croire que dans une occafion pareille je puiffe abufer de celui que je poffede.... Je Vous prie, Monfieur, de ne pas Vous oppofer aux hazards; il en eft d'heureux.

Je me félicitois de la tournure que le Comte donna au feu follet qui m'égaroit alors, et qui provenoit des foupçons jettés fur fon Excellence à laquelle je croyois des vuës fur ma Pénélope.... Tous les noms helas, convenoient à mon amante.... Marchefini m'accompagne dans mes recherches.

S'il y avoit eu une autre Amérique à exploiter, il en eut fait la découverte; il corrompit les Argus de la belle et me la réconduifit à Berlin.

Sa fuite fut regardée comme un miracle: on ne fe perfuade que difficilement combien il eft aifé d'échapper d'une prifon. Le peuple s'atrouppa fous les fenêtres par où Mathilde devoit être fortie: une coëffe de femme jettée dans la rue, étourdit les paffans, comme s'il eût été poffible de la fauver à travers les grilles. Perfonne ne jetta aucun foupçon fur les Sentinelles pour glofer, et je ne dus qu'à la diftraction de mon amante... Pour le Prevot du guet, il ne foupçonna aucun faut et fit mettre aux fers les maî-

tres

tres à danfer en queftion. Le bruit de cette fuite-s'étoit repandu, je n'en eus
des nouvelles que tard, fans m'attendre à rien que de finiftre. . . . . Le
feu Prince de Pruffe m'avertit le premier de la difparition de cette chere
étoile ; c'étoit m'ouvrir les portes du Ciel . . . j'y fus tranfporté, je penfe.
Telle on a vu l'amie d'Augufte, Madame d'Efterle, brillante dans fa faveur,
attrayante dans fes amours, obeir aux foupçons d'un Roi, quitter, voler à
Breslau, y mourir et mériter de fes neveux la reconnoiffance et leurs larmes . . . . J'ai été voir dans une maifon diftinguée, chez des perfonnes
caufes en partie de fa disgrace, le portrait de ma tante, et je pourrois, par
les droits que j'ai fur la mémoire de cette Dame refpectable et par des papiers que j'ai en mains, qui m'étoient reftés après fa mort, refuter l'ana-
thême d'un mauvais livre, que dicta le menfonge et que la Saxe galante des-
avouera toujours, mais le tems nous vengea de l'auteur même.

> Mentre de gl'anni, et dell obio nemica
> Delle cofe cuftode e difpenfiera
> Vagliani Trea ragion s'il Ver io dica.
>
> *Taffo.*

Ratatiné dans ma voiture rêvant de mes amours, Guillaume fût une
connoiffance trop aimable pour que je ne confentis de bon coeur qu'il lui
céda fa place fur le fiège de la voiture, et que lui-même occupa la fienne fur
un de mes coffres. Il me dit à l'oreille faifant faire alte, que la Dame en
queftion venoit d'échaper de la maifon de . . . . C'eft une femme qui voyage me dit-il, je la queftionnerai pendant la route; il faifoit obfcur, je mis
la tête à la portiere, et comme je ne vis qu'une coëffe, j'abandonnois à
Guillaume les decouvertes qu'il fit exactement fans moi . . . Mon Roland
n'y alloit point à demi . . . femblable aux chats qui voient de nuit, il re-
connût les traits enchanteurs à la belle échappée. Quelle fût ma furprife en
recon-

reconnoiſſant Mathilde, je lui propoſai de la ramener à ſes parens. J'échouai dans mes prieres et je pris ſur moi de la confier à une de ſes Couſines, que de bonnes moeurs rendoient généralement recommendable. Quinze jours après, ſon pere vint reprendre ſa fille, je la ſais mariée depuis, à un jeune homme fêté par ſa patrie, utile à ſon Roi et digne de ſa propre eſtime et de la mienne.

❊

Station II.

Chiffres.

L a nature eſt un habile déchiffreur des ſecrets des hommes ; ce dechiffreur eſt le hazard.

En fait de recherches anciennes ou modernes, le choix ſeul les rend intéreſſantes. J'ai lû le voyage en Sibérie fait par ordre du Roi en 1761. par l'Abbé Chappe d'Autroche: je n'en ſuis qu'aux premieres pages, et je crains, peut-être avec raiſon, qu'endormi ſur le livre, je ne Vous en dirai le contenu qu'après ma mort; jugez-en Vous même par les détails de l'arrivée de l'auteur près de Ratisbonne.

„Je ſortis du bateau (dit cet Académicien) avec Mr. D . . . pour par-
„courir les environs de cette ville dans le deſſein de faire quelques recherches
„ſur l'hiſtoire naturelle, (à la bonne heure en herbroiſte, il y en a aſſés partout.)
„Nous nous occupions de cet objet toutes les fois que nous débarquions quel-
„que part; (quelle merveille!) Mr. D .. ſe prêtoit avec d'autant plus de zéle,
„à ces recherches, et il réunit à une douceur de caractère peu connue, les
„connoiſſances les plus étendues. (Cela n'eſt pas impoſſible) A peine fûmes-
„nous ſortis du bateau, qu'il apperçût une inſcription ſinguliere ſur une

U 3   „pierre,

„pierre, qui étoit au fond du fleuve (quels yeux!) Nous fimes apporter des
„pioches du bateau pour la decouvrir, nous effaiames de copier cette écri-
„ture que nous ne connoiſſons pas (quelle découverte!)

„L'étendue de cette inſcription, le froid qui ſe faiſoit ſentir vivement
„et la nuit qui commençoit à couvrir la Terre, nous determinerent à aban-
„donner ce travail (quel effort!) Nous reſolûmes de déterrer la pierre et de
„l'emporter (au voleur! au voleur!) mais point du tout, ils n'abandonnerent
„ni le travail ni n'emporterent cette merveille.‟ Le reſte eſt écrit dans le
même ſtyle et dans le même gout, et ne contient guères des choſes plus intéreſſantes que celle-ci.

Que ne s'eſt-il arreté à une Epitaphe dans le Cimetiere de l'Egliſe Cathédrale qui jusqu'à preſent n'a été compriſe de perſonne. *Mr. Goelhert*, ci-
devant aſſeſſeur du Magiſtrat de Ratisbonne, aujourd'hui Conſeiller aulique
du Duc d'Holſtein, vient d'entreprendre l'explication de cette Epitaphe, le
travail en eſt ingénieux. V. Gazette de Ratisbonne 1774. May **Nro. 5.**

Il a tranſcrit d'abord l'inſcription telle qu'elle eſt gravée ſur le marbre:
en voici la copie fidele avec les ſignes inconnus qui ont embaraſſé les inter-
prêtes.

Monſieur Goelhert en ſe rappellant le chiffre des Francs Maçons, en fit la
baſe de ſes recherches. Les lettres de la premiere caſe étoient ſans points,
celle

çelles de la feconde avec un poïnt, et celles de la troifième avec deux points, ce qui formoit l'alphabet fuivant.

A.	B.	C.		K.	L.	M.		T.	U.	V.
H.	I.	D.		R.	S.	N.		: .	..	W.
G.	F.	E.		Q.	P.	O.		Z ..	Y ..	X ..

À l'aide de cet alphabet, il lut ainfi l'epitaphe en queftion.

Anno Domini M.D.LXXX. die
Menfis Novembris XVI. obiit in
Domino Petr. Jacobus *Kelderor*
Diac. Ratisb. ætatis fuæ dies VI.
Cujus anima Deo vivat. Amen.
Requiefcat in pace.

Heureufement l'Abbé la Chappe dans les merveilleufes fouilles à Ratisbonne, n'a ni vû, ni déterré ni emporté cette pierre finguliere, nous ferions privés d'une curiofité qui dépofe en faveur de l'autenticité du chiffre maçon, Mr. l'Abbé la Chappe n'ayant probablement point vû la lumiere.

✵

On veut affez que notre ville foit ancienne, mais on ne veut pas que notre femme foit vieille.

Treves et Ragufe ont les mêmes rapports à des fils différens; la premiere des deux Cités eft protegée où rançonnée tour à tour par l'Empire ou la France; la feconde conferve à la naiffance de chaque enfant la douteufe alternative de faire baptifer ou circoncire le Neophite à l'approche d'un Bacha, ou d'une flottille Chrêtienne, de fe déterminer à tourner les yeux vers la Mecque ou vers Rome. Le Télefcope décide prefque toujours de l'hommage, comme de la croyance de deux villes.

Treves

Treves demantelée par les François, ne l'eût point été avec facilité, ſi le diable qu'on dit avoir bâti la Cathédrale d'un amas de groſſes pierres, avoit tourné ſes travaux vers les fortifications de cette ville ancienne, que l'on croit bâtie avant Rome. Galba viator écrit au Sophiſte Licinius d'avoir vû à Tréves un Mercure de marbre ſuſpendu en l'air: je ne ſerois pas ſurpris que dans un païs de miracles, celui du cheval de Bellerofont et du cercueil de Mahomet ne fut repeté quelque part. Soeur de la ville de Saleure, Trêves croit être la mere de celle de Rome.

Quelque Myope que je ſois, je n'ai pas laiſſé de voir Dillingue ville Epiſcopale, univerſité, réſidence, monceau d'argile, remarquable dans l'ordre des petites villes en Suabe.

Nous admirons la force des Elephans qui portent des tours, l'encollure et la vigueur des Tauraux, l'agilité des Tigres, la criniere du Lyon. La nature cependant n'eſt nulle part plus entiere que dans les petites choſes. In arcto coarctata rerum naturae Majeſtas multis nulla ſui parte mirabilior eſt.

Plin.

Cette mince reſidence tient à l'Evêché d'Augsbourg, aujourd'hui à l'Electeur de Treves ; elle eſt néanmoins mieux ſituée, plus riante que la Capitale de l'Electorat mentionné.

✻

Station III.

Nous ſommes tous des avanturiers ſans croire l'être: né pour donner quelque Scene au public, chacun de nous a un rôle à remplir ſur le grand
théatre

théatre du monde ; tel nous donne souvent la comédie, qui croit fixer un point d'hiſtoire; ſi l'on n'eſt pas ſoi-même ſon prôneur, on eſt perdu.

Permettez-moi de Vous réciter une partie du perſonnage, que je m'étois approprié: pour le bien jouer on ne s'attend qu'à ſoi . et comme nous ne tenons à notre idendité que par la mémoire, un fait devenant à rien quand on ne s'en ſouvient plus, jugez, mon cher, ſi j'ai bien rétenu mon rôle.

La mort de ma femme enſévelie dans l'Egliſe des Recollets à Breslau, me rappelle une exiſtence pour laquelle j'échappe aujourd'hui: cette épouſe cherie, enlevée à mon coeur, renaît dans mon eſprit.

Qualem ex apicula naſci Simonides voluit.

Il eſt tant d'épitaphes depuis les pyramides de Memphis juſqu'à la petite pierre qui couvre les reſtes du chien de Lord Strove, qu'il eſt preſque ſuperflu d'en faire dé durables. . . .

Trois femaines après le decès de cette mortelle animée, j'ai pénétré dans le caveau qui renferme aujourd'hui ſa cendre. Un bon Franciſcain, mon ami ſans doute, par l'important ſervice qu'il me rendit, ouvrit la tombe. J'y vis . . . ſommeiller mon amante. Jugez de mon ſaiſiſſement à cet intereſſant ſpectacle, qu'il l'eſt à nos moeurs. Jouiſſez de mon tranſport, mon cher !

E pur queſto
Noſtro trionfo e godemo di rederlo.

Les traits de Thérèſe n'étoient point changés; une de ſes mains, fraiche encore, ſe trouvoit étendue vers moi . . . je la ſaiſis pour la poſer ſur mon coeur, ma bouche preſſa la ſienne. Je ne pleurois plus, l'illuſion avoit

X   tarie

tarie mes larmes; l'idée du caveau où j'étois s'effaça de mon esprit, je me crus dans un lieu enchanté, de même que la vigne à l'arbre qui la soutient. Mes purs embrassemens presserent ma tendre amie que la mort avoit repetée, et que je me croyois rendue. Ne me demandez point ce que je dis dans mon transport; je Vous proteste, très sérieusement, mon bien aimé, qu'il me parût entendre la voix de mon épouse. Vingt ans après l'événement que je rétrace à Votre ame sensible et dans ces heures de silence où les vivants se plaisent à se familiariser avec leurs amis defunôts, longtems après dis-je, je crus y répondre encore. Si je faisois un Roman, j'en parlerois le langage ... à tant de douceur s'il suffit d'une mort.... La pierre s'abattit comme d'elle-même, et le coup m'effraya; le moine occupé à me distraire sur l'horreur du lieu, où je me trouvois par mon choix, saisit ma main..... Jettez les yeux, dit-il, sur ces tombeaux que Vous venez de profaner; ceux qui reposent ici, n'appartiennent qu'à la terre, ils ne sont plus à l'homme, ils ne sont plus.

Helas l'ame de ma Therèse sera toujours; tombeaux! le tems sera pour Vous, l'éternité pour elle. Ne me pardonnez pas cette lugubre digression, elle me met hors d'état de penser à Vous: je ne croyois point pouvoir Vous oublier, mais quand on a tout perdu, le globe et l'univers n'intéressent plus qu'en rêve. En partant de cette époque dans la triste vie que je mene depuis sept ans, le trepas que j'attends, ne sera pour ainsi dire que l'achevement de la mort que j'éprouve. Il ne se passe point de nuit que je ne prononce mon Epicedium. Me reposant, mon lit est ce bucher d'où je me figure entendre prononcer une Nénie sur moi-même; le reste du jour se passe à dresser mon tombeau, je ne m'occupe dès lors, que du soin de mon épitaphe que je m'étudie à mériter.

Peres, conduisez Votre enfant à voir le cadavre d'un homme mort, pendant la vie. Cette impression le préservera au moins de quelques travers, dites lui que le ver seroit bien orgueilleux, s'il pouvoit savoir que l'homme qui le foule à ses pieds, sera une fois sa pâture.

Sta-

Station IV.

Anagramme.

Les anagrammes ont un pouvoir complet fur le coeur de nos Dames.

Guyot.

Marchefini ne difcontinua point fes pronoftics, et Madame Royale fe plaifoit à les écouter, il ne marcha point fans Schwedenbourg (*) dans fa poche. Ce qu'un favant exécute fur fon cerveau, dit Bonnet, par un travail plus ou moins long, et par une méthode appropriée, Dieu pourroit fans doute, l'exécuter par un acte immédiat de fa puiffance. Mais il pourroit auffi avoir établi dès le commencement, qu'un certain cerveau fe trouveroit dans un tems prédéterminé, monté à peu près comme celui du Savant et capable de mêmes operations plus étonnantes encore.... Les hommes auxquels de pareils cerveaux auront appartenus, fe feront trouvés ainfi transformés presque tout d'un coup en polyglottes vivantes. L'idée de Bonnet mérite qu'on l'approfondiffe, qu'on lui faffe honneur; et je me fuis permis à ce fujet les réflexions que je foumets moins au calcul qu'à la gaieté de quelques perfonnes qu'un rire innocent fépare de ceux qui ne riront jamais. Il ne feroit pas abfolument impoffible da favoir dès aujourd'hui toutes les découvertes faites et à faire. Qu'on eut tous les livres, toutes les brochures cachées fous l'affemblage des lettres. Le travail en feroit compliqué, il faudroit charger les mots d'une Brochure de plufieurs pages. Autant de fois qu'il fe préfenteroit un fens de fuite, il en émaneroit mille nouveautés, mille découvertes, qui ne pourroient plus nous échapper, vû l'exact calcul qui exifte déjà du nombre de permutations à faire fur un nombre donné de mots. Chaque ligne du plus fot allemand contenant certainement un fecret caché fous les réplis de l'anagramme, il ne feroit point queftion ici de donner les découvertes au niveau de fon efprit, qui font néanmoins très loin de la raifon. Si je defcends à une certaine profondeur, ce n'eft qu'à l'aide des gloffocommes, inftrumens, qui attirent en fens contraire.

Tout

(*) Schwedenbourg homme fingulier qui parloit avec les anges, mort en Suede 1764.

Tout Roi à l'aide du bon vouloir, et de l'encouragement, feroit faire à fes fujets l'apparent impoffible: Les françois réuffiroient à tout, par ce qu'ils entreprendroient tout: c'eft une nation où chaque individu a mille bras, et une tête modelée fur mille têtes différentes.

Pour donner une idée, de la poffibilité des permutations dans les longues périodes, j'ai extrait d'un ancien livre de pronoftics de 1504. les vers d'Horace qu'un Enthoufiafte s'eft chargé de renverfer ici. Plus Philofophe et moins devin, il y auroit puifé quelque fyftéme nouveau qui dans le fond ne s'exprime que par des fignes, par des mots.

Programme.

Nolis longa ferae bella Numantiae
Ille et nefafto te pofuit die.

Hor. Ode **XII.** *Lib.* **II.**

Quicunque primum, et facrilega manu
Produxit, arbos, in Nepotum
Perniciem approbriumque Pagi.

Hor. Lib. **II.** *Od.* **XIII.**

Anagramma.

Patefiet poft tempus aliquod, quod tres Jefuitae, Paricet, Tefmond, Gerard, anno millefimo fexcentiffimo quinto confpirationem facrilegam contra Regem Jacobum primum mediante pulvere pyrio fufcitabunt.

On decouvrira après un tems que trois Jefuites Paricet, Tefmond, Gerard, fufciteront une cruelle confpiration en 1605. contre Jaques premier, par le moyen de la poudre à canon. Les nobles de Venife habitués de s'ennuyer méthodiquement pendant l'été dans leurs palais de la Brenta, fe plaifent de préférence à ce futile exercice avec des Moines. Un Capucin chargé de faire une anagramme fur le nom de la belle Carla Forni, foupira, fourit, careffa fa barbe *Voleffe il Ciel*, dit-il, *che aveffi rincontrato — ecce anagramma puriffimum: Carla forni, forni Carla.*

QUESTION

SUR UNE NOUVELLE MANIERE DE COMPTER,

ou

BUSTROPH NUMERAL

DEDIÉ AUX ARITHMÉTICIENS MODERNES.

Paris, 1782.

Y

Chaque claffe d'hommes a fon arithmétique particuliere indépendante de tout calcul différentiel. Homme et femme en fait d'addition matrimoniale font un feul corps, dix Senateurs conftituent un état, chaque habitant de l'Isle *Yucatan* en Amérique a fon dieu particulier. Les nombres mille, millier, milliard, million ne font que pour marquer une multitude indéterminée: mille douleurs, mille fatigues, mille morts ne font rien pour ceux qui s'arrêtent moins à calculer qu'à faire: on n'eft exactement Un que quand on meurt.

Leibnitz vouloit que $8 + 7 = 15$ de même que $2 + 8 — 2 = 8$ ne fuffent point fimplement conçus par leurs produits, mais que toutes les opé- rations fe reconnuffent à des caracteres clairs et démonftrables, qui d'un coup d'oeil dénotaffent fans autre forme de calcul les racines, les progreffions, et les produits (*). Cette idée fe trouve en quelque façon réalifée dans le problême de M. de Comiéres aveugle des quinze vingt.

Je fais (dit il) en un moment, tout aveugle que je fuis, ce qu'on ne peut faire qu'avec beaucoup de tems et avec plufieurs mains de papier: déterminer quel fera le produit d'un nombre compofé de 666. chiffres 9. multiplié par 666. chiffres 6. L'aveugle en queftion a determiné que **1332.** chiffres forment le produit de ce calcul dont:

Y 2

665

665	Chiffres	6
1	—	5
665	—	3
1	—	4

En multipliant 9999 par 6666. on aura 66653334. qui repréfente l'effet total du probleme de M. de Comiéres. L'algébrifte en approfondira la formule.

Or quelque chofe de plus curieux c'eft de favoir à l'afpeft de certains chiffres indéterminés le produit d'une fomme, telle que 666. à laquelle on ajouteroit fa moitié 333.

On vous enfeignera l'art des nombres mieux que Pythagore ne pourroit s'il vivoit parmi nous: vous faurez additionner, multiplier, divifer fouftraire comme feu Baréme. Vous n'imaginerez peut-être pas que fans vous arrêter à entaffer plufieurs amas de figures, rondes, oblongues, échancrées, quarrées, vous n'aviez qu'à renverfer le papier, pour vérifier fur le champ l'idée repréfentative de la fomme 999. réfultat des deux féries 666. et 333.

Dans les fupputations peu compliquées cette jolie méthode s'agence pour ainfi dire d'elle même: des feries entieres de 6. de 2. de 9. enlévent au Calculateur morofe le pfaifir de tricotter des Miriades de chiffres que le Philofophe fe contente de contempler (*).

Voici

(*) On pourroit abréger de même plufieurs calculs rebutants dans les chiffres Romains. La moitié de XXX fe préfenteroit d'un feul trait en partageant les X par une raie, de maniere que XXX (30.) donnaffent XXX (15). moitié de XXX.

Voici au demeurant des essais fortuits sur cette nouvelle manière de calculer qui je crois approcher le plus de l'idée de *Leibnitz:* et par respect pour les manes de ce grand homme je me les attribue tout seul: passons à l'éclaircissement de mon sujet.

Ajoutez, le nombre 273 à 696. tournez le papier vous aurez 696 — les chiffres 696. faisant par eux même en sens opposé la somme mentionnée (696).

Cette operation se conçoit sans peine dans les figures qui renversées conservent sans aucune altération l'identité aliquote. Mais il n'en est pas ainsi des chiffres 4 — 5 — 7 — 3 — qui tournés ne dénotent non seulement aucune quantité, mais ne se reconnoissent à rien.

Composons Mr. les Chiffreurs, cédez moi vos caractères empruntés des Arabes, j'éplucherai, je redresserai ce qu'ils ont de tortueux, et je suppléerai par des signes méthodiques adaptables à ma methode, aux chiffres ou trop revéhes ou trop intraitables, ou absolument impropres à réaliser une entreprise aussi sujette à des aberrations que la mienne. Quand on approche de la fin d'une affaire on dit qu'il n'y a plus que courage; je vous livre mon idée pour ce qu'elle est: à grands seigneurs peu de paroles.

Les chiffres Arabes usuels 1. 2. 3. 4. 5. 6. 7. 8. 9. remplacés par 1. 2. 3. 4. 5. 6. 7. 8. 9. se rapportent à la table que voici,

Alphabets

ancien 1. 2. 3. 4. 5. 6. 7. 8. 9.

nouveau 1. 2. 3. 4. 5. 6. 7. 8. 9.

Le tableau fait la cléf des différentes operations qui résultent de la combinaison de ses caractéres; je ne m'évertuerai point à hisser ma foi disant découverte à des éminences transcendantes Hyperborées; je verrai avec plaisir pour mon siècle les la Lande, les Euler les d'Alembert, s'élever à des espaces illimitables, je suivrai terre à terre la marche du bon Baréme.

Y 2

Les

Les anciens avoient une manière de tracer les lettres qu'ils appelloient écrire en Buſtrophe, qu'une habitude contraire nous fait paroitre ridicule, et qui étoit auſſi aiſée pour ceux qui y étoient accoutumés que l'uſage où nous ſommes d'aller de droite à gauche (*). Ne ſeroit-il pas permis d'appeller ma

(*) Le Buſtrophe que voici eſt tiré de la Bibliothéque du Roi, d'un Plaute, Manu-ſcript en Buſtroph. On l'écrivoit en proſe ou en vers, on courboit la premiere ligne en demi cercle, lorſque l'écrivain étoit parvenu à l'extremité du papier il ſe retournoit pour finir la ſeconde ligne au deſſous de l'endroit où il avoit com-mencé la premiere. *Funccius* dans ſon traité de l'enfance de la langue Latine en parle fort au long : voici le commencement du prologue d'Amphytrion copié de l'encyclopédie litteraire.

Ut vos in voſtris voltis Mer*commoni*

is cmundis vendundisque me

Laetum lucris efficere. &c.

Paulius dit qu'il y avoit une autre maniere d'écrire qu'on appelloit Buſtrophe, elle conſiſtoit non à renverſer les lettres mais à les tourner de façon qu'on écri-voit de droite à gauche.

Recordatus multum diu co*gitavi*

ni sutcep ni euqatnemugra

atque in &c.

La pierre qui ſe trouve à *Sigée* porte l'inſcription écrite alternativement de droite à gauche, et de gauche à droite, manière d'écrire que l'on appelloit *Buſtrophaedon*, parceque l'on tourne ſur le marbre comme les bœufs en paſſant d'un ſillon à un autre. *Solon*, Légiſlateur d'Athénes l'employa avant Periandre ſon contemporain.

L'Alphabet Grec, et la maniere d'écrire que voici prouve que le Temple à *Sigée*, à été érigé ſous la domination de *Miriléne*.

ma maniere à moi un Buſtrophe en arithmétique? La différence des lettres
aux chiffres ne git que dans l'emploi qu'on eſt à portée de faire d'un mot
écrit ou d'une ſomme tracée. Que l'une ou l'autre ſe liſe, du haut en bas,
de la droite à la gauche, ou de la gauche à la droite, les Chinois, les Hebreux
et les Calculateurs d'Europe n'en feront pas moins bien leurs comptes. Pour
ne pas trop m'étendre en ſuperflu, je me bornerai à préſenter aux curieux
quelques exemples, qui les conduiront à continuer leurs travaux, et à per-
fectionner le mien.

Exemples.

D'addition.

Ajoutez 10S. à 396. renverſez le papier et vous trouverez du
coté oppoſé et ſans calcul préalable, que la ſomme 10S. ajoutée à celle de
396. porte en elle le réſultat de SOI. que l'on cherchoit en tatonnant.

De Soustraction.

Soit. Louis 396. ſouſtraits de la ſomme SOI. Culbutez le feuillet
et vous aurez 10S. Otez 40. (40) de 6829. (6829) ces mêmes chiffres tournés vous donneront 6789.

De Division.

Un pere de famille meurt, laiſſe à quatre fils la ſomme de 7821.
à partager entre eux à chargé d'en payer préalablement 693. à J. J.
Rouſſeau pour le ſimple plaiſir que lui avoit procuré la lecture de ſon Emile.
On demande combien ſera la part de chacun des fils. Tournez le feuillet
c'eſt 1782.

De Multiplication.

On a toujours plus de biens que de vie en ſuivant cet axiome: je laiſſe
à mes deux couſins Hin et Han en partant pour l'autre monde la ſomme
tracée

tracée en nombres Arabes et comptable dans mes coffres: il y manque l'écu fur la fomme entière: mes Heritiers fçauront pourquoi (*) je laiffe au demeurant à Hin 38812. à Han 33071. Voyons de combien étoit la fomme entiere, qui avant le larcin de 1. écu devoit fe trouver dans le coffre du déffunt.

Multipliez 35941. par 2. fans autre forme de calcul en ajoutant l'écu retranché, tournez le papier, et la part de Hin 38812. vous préfentera le produit de 71883.

Ou autrement.

Un des coufins étoit rédévable à la caiffe de 2189. les deux ont eu fur la fomme 35832. écus chacun: de combien étoit la fomme entiere dépofée dans le coffre du mort?

Multipliez 35832. par 2. ajoutez y les 2189. de diftraits, et vous en aurez le total. Ou mieux que cela: tournez le papier qui vous préfentera la même fomme 73853.

Job en parlant à Dieu dit, que fur mille que l'on compteroit à la main gauche, on feroit fouvent fort embaraffé d'y joindre l'unité.

Job avec tous fes maux avoit de plus celui d'être calculateur, plus malheureux encore il avoit perdu fes amis, et je doute fort qu'il en ait jamais eu un feul qui vous reffembla, un feul, qui fur le Buftroph de III. fiècles eut pu former fon Horofcope, qui préfenta à l'idée une unité de caractere et d'années que Ciceron exprime fi bien, par l'Aphorifme connu. *Unus homo effe quocunque vertas.*

(*) Ils le lui avoient enlevés furtivement d'avance.

Imprimé en France
FROC031448101120
25696FR00017B/330